Willi Mantow

Eine Seefahrt die ist lustig . . .

Geschichten und Anekdoten
rund um die Seefahrt

Impressum
© 2004
2. Auflage 2005
Willi Mantow
Alle Rechte liegen beim Autor
Covergestaltung: Planet S-Multimedia, Inh. Sabine Hollmann, Hameln
Text und Layout: Willi Mantow
Herstellung und Verlag: Books on Demand GmbH, Norderstedt
Printed in Germany   ISBN 3-8334-1084-1

Inhaltsverzeichnis

Vorwort 7
I. Kapitel
Das Boot 9
Marinebuschkrieg 19

II. Kapitel
Tender „Main" 28
Landungsboot „Salamander" 37
Das letzte Anlegemanöver 44
Gut gezielt ist auch daneben 47
Das Schlaraffenboot 53
Bordhund Puschkin 57
Geschwaderbremse mit Heimatwimpel 63
Kutterrace und Wollhöschen 66
Landeoperation Millionenrampe 69
Die Seebädertournee 74
Abschied ohne Tränen 77

III. Kapitel
Die „Cap San Diego" 79
Äquatortaufe spezial 85
Dirndlkleid und Hamburgo-Bar 88
Sirtaki und Black Gang 91
Kaljaubrötchen und Überstunden 94
Seebauern und Seekühe 98
Die Rüberrobber 102
La Cucaracha, la Cucaracha 106
Cap San Musikdampfer 108
Mit den Schätzen des „Orients" 110
Rostpicken und Flötentörn 114
Café do Brasil, made in Rotterdam 118

IV. Kapitel

Die „Havelstein" 121
Zuviel Schlaf ist ungesund 126
Die Junggrad Connection 129
Leichenzug und Hammerhaie 131
Rikschas und Weihnachtssternchen 134
Wer zu spät kommt 139
Papierwände und Geld wie Heu 142
Der Kondolenzbesuch 145
Lästige Untermieter 148

V. Kapitel

Die „Wiedstein" 150
Der Panamakanal 154
In den Kesseln da fehlte das Wasser 157
Spezialdisziplin „Achteraussegeln" 163
Aller Anfang hat ein Ende 167
Glossar 170
Hafenstädte und Länder 177

Bildquellen

Covergestaltung: Planet S -Multimedia, Inh. Sabine Hollmann, Hameln
„Das Boot": Zeichnung Mantow/ *„Kronprinz Wilhelm"/ „Kaiser Wilhelm"*: Postkarten 30er und 60er Jahre
2. Ausbildungsbataillon/ Vereidigung: Erinnerungsfotos Streitkräfte
Tender „Main": Foto Streitkräfte/ *Kojen und Kanonen*: Fotos Mantow
Landungsboot „Salamander": Foto Streitkräfte/ *Werft*: Fotos Mantow
Bordhund Puschkin/ Schlaraffenboot/ Zweimannslast: Fotos Mantow
MS „Cap San Diego": Foto HSDG/ *Buenos Aires*: Fotos Mantow
MS „Havelstein"/ Ansicht Penang: Fotos Mantow
Port Swettenham/ Singapur/ Manila/ Dadijanges: Fotos Mantow
MS „Wiedstein": Foto Nordd. Lloyd/ *Panamakanal*: Foto Mantow
Amapala/ Frischwasserlenzen: Fotos Mantow

Vorwort

Eine heile, romantische, lustige Seefahrtswelt, gibt es die? Natürlich nicht! Wenn man aber, wie ich mittlerweile, nach über 35 Jahren etwas „Abstand" zu der Sache gewonnen hat, sieht man natürlich bevorzugt die positiven Seiten der Seefahrt. Denn, wie immer im Leben, werden alle Widrigkeiten möglichst vergessen, verdrängt oder als Leichen ganz tief im Keller verbuddelt, wo sie auch lieber bleiben sollten. Nur vereinzelt lasse ich sie in diesem Buch wieder ans Licht, denn wer will so etwas schon lesen? Nun, aber auch sie gehören dazu, wie die angenehmen Seiten des Lebens.

Seefahrt ist ein knallhartes Geschäft, heute mehr denn je. Kosten, Angebot und Nachfrage beeinflussen die Liegezeiten, den Erhaltungszustand der Schiffe, die Verpflegung und Anzahl der Besatzungsmitglieder usw., für Romantik ist da kein Platz. Schon vor Einführung des 2. Schiffsregisters Anfang der 80er Jahre wurden Schiffe ausgeflaggt, d. h. unter Billigländern gefahren. Leidtragende waren immer die Seeleute, die auf Einkommen und letztlich auf Arbeitsplätze verzichten mußten. Von einst ca. 40.000 deutschen Seeleuten in den 60er Jahren sind heute nur sehr wenige übriggeblieben. Als Ausbildungsberuf althergebrachter Art ist der Seemannsberuf heute praktisch ausgestorben, nunmehr gibt es „Schiffsmechaniker", „Betriebsmeister" u. a.. Zumeist gibt es nur noch die deutsche Schiffsführung und der Rest der Mannschaft kommt aus aller Herren Länder, zu der dort landesüblichen Heuer, versteht sich. Das spart, geht aber auf Kosten von Qualität, Sachkenntnis und vor allem der Sicherheit, wie viele Schiffsunglücke zeigen. Die „Hamburg-Süd" bildet immerhin auf den Kiribas im Pazifik, wo zuerst das neue Millenium begrüßt wurde, Einheimische für ihre Schiffe als Seeleute aus.

Dieses Buch beschreibt den Alltag bei der Marine und die „Vorcontainerzeit", als die Seefahrt „noch in Ordnung war" und Stückgutschiffe alter Art die Weltmeere befuhren. Wo es noch lange Fahrtzeiten bis zu einem halben Jahr und Liegezeiten bis zu eineinhalb Wochen und mehr gab. Die Anzahl der Besatzungsmitglieder betrug manchmal über 50 Mann, und dies bei, für heutige Verhältnisse, relativ kleinen Frachtschiffen. Heute sind Liegezeiten von wenigen Stunden und Fahrtzeiten von einigen Wochen üblich. Eine Handvoll Seeleute verliert sich auf gigantischen 300.000 t Tankern, wo sie mit Fahrrädern herumfahren müssen, um nicht zu viel Zeit zu vergeuden. Landgang für wenige Stunden lohnt sich, wegen der zum Teil sehr weit außerhalb liegenden Containerterminals, zumeist nicht mehr. 1997 stand die Reederei HSDG kurz vor der Fusion mit der schon seit längerem fusionierten HAPAG- (Nordd.) Lloyd, die dann letztlich doch nicht stattfand. Ob aber Größe und Zusammenschlüsse zu Megakonzernen das Allheilmittel sind?

Wer erzählt nicht gerne von sich selbst und sei es auch nur über seine Krankheiten? Ich bin da keine Ausnahme, so schildere auch ich hier gerne einiges über mich, meine (Jugend) Zeit und meine Mitmenschen. Allerdings aus der „Froschperspektive" der Decksbesatzung und nicht aus einer Führungspositon heraus. Viele kleine Anekdoten und Erlebnisse aus dem Seemannsleben sollen in diesem Buch festgehalten werden, ehe sie vollends in Vergessenheit geraten. Auch Geschichten vom „Hörensagen", vermischt mit etwas „Seemannsgarn", kommen hierin vor. Das Klischee „in jedem Hafen eine Braut", kommt hier natürlich auch nicht zu kurz. Es gehört einfach dazu, ohne jede Wertung, egal was mögliche Frauenrechtlerinnen da hinein dichten mögen.

Namen oder konkrete Einzelheiten, die auf bestimmte Personen schließen lassen, habe ich bewußt herausgelassen oder verändert, um niemandem „auf die Füße zu treten" oder zu kompromittieren. Außerdem hoffe ich, daß dem Nichtseemann der Bordalltag und die technischen Eigenarten eines Schiffes etwas verständlicher gemacht und näher gebracht werden können. Nicht zuletzt daß es mir gelingt, neue Dinge vertraut und vertraute Dinge neu erscheinen zu lassen und daß dieses Buch dem Leser auch zur hoffentlich kurzweiligen Unterhaltung dient.

Willi Mantow

I. Kapitel

Das Boot
„Je grüner,... desto schwimmt"

Wie kommt man zur Seefahrt, muß man Seewasser im Blut haben? Wie alle Kinder, die von dem, was matscht und spritzt, magisch angezogen werden, habe ich davon wohl etwas zuviel abbekommen. Zwar nicht gerade vom Seewasser, aber dennoch war der Grundstein zur Begeisterung für alle Fahrzeuge gelegt, die über und unter Wasser schwimmen können.

Da mein Heimatort Hameln an der Weser liegt, war oftmals der Fluß unser liebster Spielplatz. Das Wasser war damals noch relativ sauber und so tummelten wir uns im Sommer vorzugsweise an den bis 1955 noch bestehenden Flußschwimmbädern an der Weser. In der Nähe des Schwimmbades hatte die Witwe Kargel-Meyburg einen Bootsverleih, für uns leider unerschwinglich, auch wenn das Ausleihen eines Paddelbootes nur wenige Groschen kostete. Daher schubsten wir in unbeobachteten Momenten manchmal ein Boot ins Wasser und ruderten mit aus Brettern selbstgemachten Stechpaddeln und sogar Schaufeln unsere ersten Seemeilen quer über die Weser. Daß wir ab und zu kenterten, war unvermeidlich. Schwimmen konnten wir zwar noch nicht richtig, doch Gott sei Dank passierte dies zumeist in Ufernähe, so daß außer Matschgirlanden und einigen Schlucken Weserwassers kein größerer Schaden entstand.

Unsere Weser, der Name stammt vmtl. aus dem germanischen „Wisur" oder dem „Visurgis" der alten Römer, es ist der einzige deutsche Fluß, der in ganzer Länge durch Deutschland fließt. Vom Quellgebiet im Thüringer Wald bis zur Einmündung in die Nordsee immerhin 770 km. Uns genügten allerdings nur einige wenige Kilometer zum wohlfühlen! Witwe Kargel-Meyburg, die mit dem Bootsverleih auf ihrem Hausboot in Hafennähe ihren kargen Lebensunterhalt bestritt, bemerkte häufig den „Verlust" eines ihrer Paddelboote und erwartete uns am Ufer mit einer Strafpredigt, die aber nie so ausfiel, daß wir wirksam vom weiteren „Ausleihen" der Boote abgeschreckt wurden. Im Hafen vertrieben wir uns die Zeit in der kalten Jahreszeit damit, daß wir die dort überwinternden Fahrgastschiffe „enterten" und von vorn bis hinten, oben und unten, links und rechts gründlich durchstöberten. Manche Seeschlacht wurde hier ausgefochten, viele Piraten vernichtet!

Hier lagen sie noch, die alten Schaufelraddampfer „Kronprinz Wilhelm" und „Kaiser Wilhelm", damals im Betrieb als sehr beliebte Ausflugsdampfer im regelmäßigen Liniendienst bis Hann. Münden verkehrend. Die (Schiffe sind immer weiblich) „Kronprinz Wilhelm" (Baujahr 1881) fuhr noch bis 1965 auf der Oberweser und wurde später unter ihrem ursprünglichen Namen „Meißen" im Schiffahrtsmuseum Bremerhaven aufgestellt. Vorder- und Hinterschiff wurden allerdings entfernt, so daß nur noch das Mittelteil mit Brücke, Salon, Maschinenraum und Schaufelrädern vorhanden ist.

Der Dampfer „Kaiser Wilhelm" wurde 1970 von der damaligen „Oberweser-Dampfschiffahrts-Gesellschaft" ausgemustert und verkauft. Heute fährt das, mittlerweile hundertjährige Schiff, unter dem selben Namen für Lauenburg als sehr beliebtes Ausflugsschiff immer noch auf der Elbe herum. Die Stadt Hameln bedauert heute diesen Schritt sehr und hat schon vergeblich versucht, das Schiff, als ein Stück Heimatgeschichte und weitere Attraktion neben dem Rattenfänger, zurückzukaufen.

Wer kennt in diesem Zusammenhang nicht die Bandwurmwortschöpfung der Weser-Dampfschiffahrts Gesellschaft von 1842? *„Oberweserdampfschiffahrtsgesellschaftkapitänsanwärterhutfeder"* Vielleicht noch ein kleines Beispiel aus der neuen deutschen Rechtschreibung? *„Flussschifffahrtskapitänssuffflasche"*, ich glaube, ich bleibe lieber bei meinem fehlerhaften „Altdeutsch"!

Ein älterer Freund namens „Krischan" begeisterte uns mit einer eigenen Bootskreation, die uns zum Nachbau anregte. Die Konstruktion war in ihrer Schlichtheit einfach genial. Fichtenholz-Profilbretter mit Nut und Feder, vorn und hinten zusammengenagelt, im vorderen und hinteren Drittel durch zwei *Sitzduchten* auseinandergespreizt und in Form gebracht, unten mit einer Lage aus zurechtgesägten Brettchen der stabilisierende Schiffsboden, fertig war das Kanu, oder was immer es auch sein

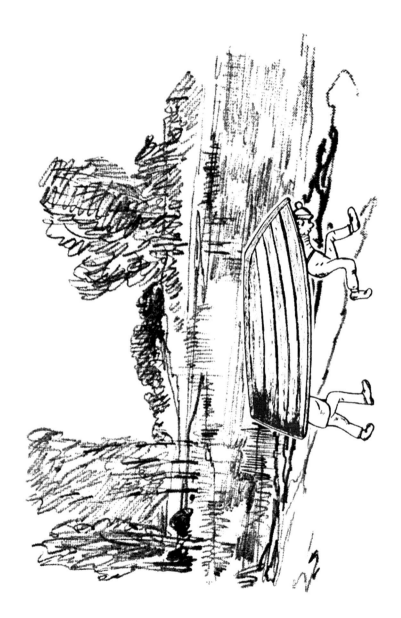

Das Boot „Stapellauf" an der Weser

Die „Piratenschiffe", Schaufelraddampfer „Kronprinz Wilhelm" und „Kaiser Wilhelm" auf der Weser

sollte. Das Schwierigste war die Beschaffung des Materials. Viele Wochen hat es gedauert, bis wir etliche Bretter, rostige Nägel, grüne Farbe, Dachdeckerteer u. a. „organisiert" hatten. Nach weiteren Wochen, etlichen krumm geschlagenen Nägeln, hohem Pflasterverbrauch, viel Schweiß und Mühen und einigen Fehlschlägen konnte das fertige Ergebnis unserer „Schiffswerft" auf einem Hinterhof in der Bürenstraße begutachtet werden. Fast 3 Meter lang und etwas bootsähnlich, löste unser Werk bei den Nachbarn einiges Kopfschütteln aus. „So etwas soll schwimmen?" Mehr als drei Liter grüne Farbe (wo war die bloß schon wieder her?) in mehreren Lagen, sollten die nötige Dichtigkeit des Gefährts gewährleisten und der große Tag des Stapellaufs kam heran.

Ein schwieriges logistisches Problem war der Transport des langen Kanus von der Bürenstraße zur ca. 1 km entfernten Weser. Als Transporthilfe diente ein alter Bollerwagen mit gußeisernen Rädern, mit dem ansonsten Koks aus den nahegelegenen Stadtwerken herbeigeschafft wurde. Dieses Fahrzeug hatten wir schon für „kleine" Schußfahrten vom ca. 200 m hohen Klütberg gelegenen Finkenborn benutzt, zum Entsetzen der wenigen uns entgegenkommenden Autofahrer. Denn damals waren Autos noch rar auf unseren Straßen. Selbst ein „neues" gebrauchtes Fahrrad war noch so ein Ereignis, daß alle Nachbarn um den Drahtesel herumstanden, um ihren Kommentar dazu abzugeben. Auf der heutzutage von vorn bis hinten zugeparkten Bürenstraße gab es damals nur vier Automobile. Eines gehörte unserem alten Onkel Dr. Hausarzt, ein anderes einem freien Journalisten. Witwe Hotop hatte einen Oldtimer aus den dreißiger Jahren in ihrer Garage, den sie einmal in der Woche mit großem Aufwand durch ihren „Schofför" zum Friedhofsbesuch bewegen ließ. Den auffälligsten Wagen jedoch hatte ein Stellmacher, zum einen wegen der selbstgebauten hölzernen Karosserieaufbauten und zum anderen wegen des besonders laut knatternden und stinkenden Zweitaktmotors, der mit seinem blauen Dunst die halbe Straße in Nebel hüllte. Richtig, da gab es noch ein Gefährt, unser Bäcker auf der Straße hatte einen Frischbrötchen-Transporter. Dessen „Motor" bestand allerdings aus einem uralten, klapperigen Maulesel. Ein elender Anblick, wenn das knochige Tier mit seinem Anhänger die Straßen entlang trabte.

Verständlich, daß die Straße und alle verwilderten Gärten ringsum, die ganze uns damals bekannte Welt, ein Paradies für Kinder war. Es waren oftmals schwierige Umstände auch Jahre nach dem 2. Weltkrieg. PC mit Ballerspielen gab es noch nicht und so lebten wir unseren Abenteuerdrang mehr real aus. Doch zurück zu unserem Stapellauf:

Viele Ecken mußten wir umschiffen, ein paar mal unser abgestürztes Boot wieder auf den Bollerwagen hieven, bis unser Ziel, die Weser erreicht war. Routiniert wasserten wir unser Boot und erlebten, offenbar aufgrund entscheidender Konstruktionsfehler, ... den langsamen Untergang der Titanic. Eine Planke war wohl verzogen und die Literzahl der grünen Farbabdichtung vermutlich falsch berechnet. Nach Hebung des Wracks aus Matsch und Fluten begannen wir bald mit der Beseitigung der verhängnisvollen Mängel. Durch viele Seefahrtsromane wie „Seeteufel" von Felix Graf v. Luckner, usw. erfahren, machten wir uns ans *Kalfatern* der Plankenfugen mittels besten Dachdeckerteers, womit wir dieses mal nicht sparten. Einige weitere Lagen grüner Farbe vollendeten unser Werk. Die Nachbesserung hatte sich gelohnt, das Boot nahm fast kein Wasser mehr auf.

Viele Paddelfahrten haben wir seitdem unternommen und wurden nach und nach perfekter im Umgang mit unserem instabilen und wackeligen Gefährt. Sogar Schularbeiten versuchten wir im Boot zu machen, während wir es auf der Weser treiben ließen. Mit dem Ergebnis waren unsere Lehrer aber nicht so recht zufrieden. Am ruhigsten lag das Boot mit einer Besatzung von 4 (vier) Kindern! Allerdings nur bei Windstille und wenn Schlepper „Hansi" mit Bockschiffen oder die Schaufelraddampfer „Kaiser Wilhelm" oder „Kronprinz Wilhelm" nicht unterwegs waren. Nur wenige Zentimeter betrug das *Dollbord* bis zum Überschwappen des Wassers und Untergang des Bootes bei dieser vollen Besetzung. *Ösfäßer* in Form von mehreren Konservenbüchsen zum Wasserschöpfen gehörten daher zur unverzichtbaren Notausrüstung.

Sehr beliebt war auch das Anhängen an die damals noch auf der Weser verkehrenden Holzflöße, mit denen wir uns als „blinde Passagiere" mitunter kilometerweit die Weser hinuntertreiben ließen. Mit der Zeit, schon etwas sicherer im Schwimmen, wurden wir wagemutiger. Die damals gerade fertiggestellte Bootsschleuse neben dem Weserwehr reizte uns zum „Rafting". Stundenlang ließen wir uns mit dem Wasserschwall in rasanter Fahrt hinuntertragen und wurden nicht müde, das Boot mit großer Mühe wieder hinaufzuschleppen. Sehr beliebt war auch, nach der Abfahrt, so nahe wie möglich ans Weserwehr heranzukreuzen ohne abzusaufen. Nicht ungefährlich, wie manche tödliche Unfälle durch kampfbereite, zumeist angetrunkene, britische Soldaten zeigten. Nicht minder gefährlich war ein Wellenritt vor dem Turbinenauslaß der Wesermühle an der alten Weserbrücke. Ein Freund, der mit unserem Boot hier kenterte, mußte sich bitterste Vorwürfe von uns gefallen lassen, weil er es gewagt hatte, den alten Seemannsleitspruch: „Ene Hand för's Schip, ene Hand för die sülwst!", zu ignorieren und „mit zwei Händen" als erstes sein eigenes Leben zu retten suchte. Schließlich fanden wir das Boot erst kilometerweit flußabwärts bei der Fähre, kieloben treibend, wieder. Zum Glück hatten wir, aus Erfahrung lernend, das Boot vorn und achtern mit Blechkanistern als „Schwimmhilfen" nachgerüstet. Allerdings verringerte sich hierdurch die „Passagier-Nutzlast".

Schönes Wetter war natürlich günstig zum Bootsfahren. Doch leider gab es bei höheren Temperaturen auch ein kleines Problem. Das Dichtungsmaterial, der Teer, womit wir bekanntlich nicht gespart hatten, quoll bei höheren Temperaturen aus den kalfaterten Ritzen. Dementsprechend sah unsere Kleidung aus. Unseren armen Müttern verschwiegen wir aber rücksichtsvoll die Herkunft dieser Flecken, vermutlich hätten wir einen Herzstillstand provoziert, wenn sie von unseren Weserabenteuern gewußt hätten.

Am Hafen, wie schon erwähnt ein beliebter Spielplatz, lag eines Tages ein richtiges altes Kümo (Küstenmotorschiff) zum Abwracken an der Pier vertäut. So interessante Sachen gab es nicht alle Tage. Stundenlang konnten wir Kapitän spielen, das Ruder herumwerfen oder im Maschinenraum sämtliche Hebel drücken und Rädchen drehen. Nur gut, daß wir nicht auf die Idee kamen die Leinen loszuwerfen! Die tollste Entdeckung machten wir aber in einer Seenotkiste. Eine vollständige Ausrüstung von Seenotraketen, Böllern und Notfackeln ließ unsere Herzen höher schlagen.

Wir wußten natürlich noch nichts von der gesetzlichen Beistandspflicht der Schiffsführer, die sie nach Regel 31 der See-Straßenordnung verpflichtet, entsprechendes Material an Bord mitzuführen, um Notzeichen bei Seenotfällen geben zu können. Hierzu gehörten auch Knallsignale, die in Abständen von 1 Minute gegeben werden, oder Raketen bzw. Leuchtkugeln mit roten Kerzen, die einzeln in kurzen Zwischenräumen abzufeuern sind. Wir dachten, diese schönen Dinge seien speziell für uns reserviert gewesen.

Die Hamelner Werft existiert heute zwar nicht mehr, aber wer auch immer möge uns verzeihen, daß wir das komplette, ohnehin zur Vernichtung bestimmte Material, seiner eigentlichen Bestimmung zugeführt haben, wenn auch ohne Seenotfall! Schräg gegenüber dem Ohrberg zündeten wir unsere „Beute" und machten uns anschließend aus dem Staube. Ich freue mich noch heute, daß wir Hameln zur Sommerzeit mit so einem prächtigen Feuerwerk und so schönen lauten Böllern „beglückt" haben. Einiges Restmaterial sowie die Fackeln sparten wir für besondere Gelegenheiten, wie Silvester, auf.

Eines Tages, einem der schwärzesten unserer Jugend, war unser Boot, das an der Uferböschung neben dem Hausboot der Witwe Kargel-Meyburg, einen Heimathafen gefunden hatte, verschwunden! Alles Suchen im Uferschlick, flußab- und flußaufwärts, war erfolglos. Vielleicht wird es in ferner Zukunft von künftigen Heimatforschern als Hinterlassenschaft der Hamelner Urbevölkerung aus dem Weserschlamm geborgen und wegen der merkwürdigen Bauweise den Forschern einige Rätsel aufgeben. Jetzt waren wir gezwungen, ganz legal ein Boot auszuleihen. Ein unrühmliches Ende, oder?

Wir lebten unseren Abenteuerdrang nun auf andere, trockenere Art aus, wie z.B. dem Erkunden aller hohen Gebäude Hamelns. Opfer wurden u.a. der Getreidespeicher der Wesermühlen oder der Turm der wiederaufgebauten Marktkirche, in deren höchsten Turmzimmerchen wir unsere ersten Zigaretten qualmten, die es damals auch in 5er-Päckchen gab. Daß gerade hier zum Kriegsende ein an sich kleiner Brand zur Vernichtung der Kirche und des anliegenden neuen Rathauses und Bäckerscharrens geführt hatte, davon wußten wir noch nichts. Später, bei der Erkundung einer anderen, neu erbauten Kirche in der Nordstadt, entdeckten wir im Keller die elektrische Schaltanlage für die Kirchenglocken. Von der beschrifteten Aufstellung der verschiedenen Geläute wählten wir das „Sterbegeläut", denn für das aufwendige Festtagsgeläut fehlte uns doch der Mut. Nach dem Weglaufen hörten wir hoch erfreut noch mindestens 2 Stunden lang das nervtötende „bing, bing, bing!" Es hat anscheinend so lange gedauert, bis die verzweifelte Nachbarschaft jemanden gefunden hatte, der das Ding wieder abstellen konnte. Der Kontakt zum feuchten Element fehlte zwar, der Hang hierzu blieb aber erhalten.

Meine Zimmergenossen im ungeliebten Lehrlingsheim, in das man mich wegen einer Erkrankung meiner Mutter verbannt hatte, erfreute ich besonders Sonntagsmorgens um 6.00 Uhr regelmäßig mit dem Hafenkonzert aus dem Radio. Ich war äußerst allergisch gegen Heime, seit ich nach dem Kriege einige Zeit im damaligen Waisenhaus „Walkemühle" in Hameln verbringen mußte. Eine Ausbildung zum Musikinstrumentenmacher habe ich verschmäht, da ich dafür auswärts in ein Internat hätte ziehen müssen. Damit bin ich nicht in die Fußstapfen meines Urvaters Friedrich Mantow, der um 1850 Pianofortefabrikant in Schwerin gewesen war, getreten. Nach einer Familienüberlieferung, soll es mit der noch heute in Schwerin ansässigen Klavierfabrik „Perzina" einen historischen Zusammenhang geben.

Aber mein Traumschiff, was war das denn anderes als ein Internat oder Heim mit eigenen, strengen Regeln? Rosa Träume und die sonntäglichen „Hafenkonzerte" verfestigten vollends mein Bild von der Seefahrt. Sie prägten meine Vorstellung vom Traumleben der auf *Poller* sitzenden, Schifferklavier spielenden, „La Paloma" singenden, literweise Grog schlürfenden und permanent „*Dockschwalben*" nachjagenden Blauen Jungs! Anfang der 60er Jahre kam gar der Telefonbuch-zerreissende, hochbetagte „Seeteufel" Felix Graf v. Luckner alias „Filax Lüdecke" in meine Heimatstadt und gab seine spannenden Seefahrtsabenteuer zum Besten. Sein Wahlspruch war: „Jungs holt fast und kikt in die Sünn!" Ein unverwüstlicher Optimist. Graf Luckner, der Seeteufel mit Herz (1881 - 1966), im 1. Weltkrieg Blockadebrecher mit der „Seeadler" und das Sinnbild für Fairneß. Er verließ mit 13 Jahren das Elternhaus, fuhr als „Moses" mit der Dreimastbark „Niobe" nach Australien und führte später Krieg ohne einen Tropfen Blut zu vergießen. Er war es, der in mir den „Seefahrtsbazillus" endgültig erweckte, für mich stand daher, ehe ich in das wehrfähige Alter gelangte nun fest:

„Ich gehe zur Marine!"

Was sind die Ursachen der Verklärung der Seefahrt und wie kommen die Klischees eines gewissen „Männlichkeitsideals" zustande? Fast ausschließlich Männer fuhren früher zur See, die Strapazen und die Zustände an Bord waren unbeschreiblich und nur die Widerstandsfähigsten hielten das aus. Für die alten Griechen z. B. gab es „die Lebenden, die Toten und die *Seefahrer*"! Mit gewissem Stolz prahlen noch heute einige ehemalige Angehörige der früheren Marine des 3. Reiches über eine angebliche Äußerung ihres Führers bei einer seiner damaligen, demagogischen Ansprachen: „Soldaten des Heeres, meine Herren der Luftwaffe, *Männer der Marine*"!

Meinen Seefahrtstraum erfüllte ich mir zumindest mit einer Fahrt auf der alten „Wappen von Hamburg" nach Helgoland. Mit Rennrädern sind mein Freund Otto und ich von Hameln aus in Richtung Hamburg gestartet. Für den Rückweg von Helgoland hatten wir uns mit zollfreiem „Eckes Edelkirsch" eingedeckt, von dem wir je ein Fläschen an Bord der „Wappen von Hamburg" auch sofort vernichteten. Anschließend war ich bis zur Ankunft in Hamburg „verschollen". Mein Kumpel suchte mich auf dem ganzen Schiff und wähnte mich bereits über Bord gefallen und ertrunken. Hätte er ganz oben neben dem Schornstein auch gesucht, hätte er meine „Leiche" sicher entdeckt. Das schöne klebrige, süße, zollfreie, alkoholische Getränk verteilte sich mit meinem restlichen Mageninhalt an einem *Speigatt*.

Likör, dieses klebrige Zeug, ich mag es seitdem nicht mehr!

Marinebuschkrieg
Haare auf der Brust? . . . ab zur Marine!

Es war noch ein steiniger Weg. Das wehrfähige Alter mußte erst erreicht werden, die Musterung war durchzustehen, denn nur mindestens Tauglichkeitsstufe II war die Eintrittskarte zu meinem Traumjob bei der Marine. Für U-Boote brauchte man Stufe I und durfte keine Plattfüße und Plomben in den Zähnen haben. Nur gut, daß ich nicht vollkommen bin, sonst wäre ich womöglich dort gelandet und mit der 1966 gesunkenen „U-Hai" abgesoffen.

Nachdem die erste Hürde genommen war, mußte eine sogenannte Fachrichtungseignungsprüfung absolviert werden, die sich in etwa auf den damaligen Allgemeinbildungsstand beschränkte. *„SE 11er"* Decksdienst war mein Ziel. Bald hatte ich die Fahrkarte für meine erste Dienstfahrt in der Hand. Im 2. Ausbildungsbataillon in Meierwik bei Glücksburg sollte für die nächsten 3 Monate die Grundausbildung sein. In Fachkreisen auch „Marinebuschkrieg" genannt. Eine elende Zeit als „Stoppelhopser" mußte durchgestanden werden. Ich ahnte damals noch nichts von den unterschiedlichen Meinungen der Marine und der Handelsschiffahrt über den Begriff: „Seemann und Seefahrt". Jeder nahm nämlich für sich in Anspruch, der einzig wahre Vertreter dieser Zunft zu sein. Ich tendierte später mehr zur „Christlichen Seefahrt", also der Handelsschiffahrt, bei der ich, zumindest im seemännischen Bereich, eine etwas höhere Qualifikation festzustellen glaubte, um es vorsichtig auszudrücken. Alles war neu und ungewohnt. Der bekannte, besonders um 1900 modische, blaue Matrosenanzug wurde „angepaßt", wobei uns erstmals die Zusammenhänge dieser traditionellen Tracht erklärt wurden.

Blau war natürlich die Farbe des Meeres. Die flatternden Mützenbänder symbolisierten den einstmals üblichen, aus Stabilitätsgründen geteerten Zopf. Der blaue Exkragen wurde zum Schutz der Kleidung eben wegen des geteerten Zopfes getragen. Die drei weißen Streifen darauf sollten die drei berühmtesten Seeschlachten, wie Trafalgar durch Nelson, Skagerrak unter Admiral Scheer und . . . (äh) . . . , symbolisieren. Um 1880 besuchte die englische Königin Queen Victoria ein deutsches Kriegsschiff. Während der Besichtigung fiel aus dem Masten ein Matrose direkt vor die Füße des königlichen Gastes und blieb dort leblos liegen. Zum Zeichen der Trauer tragen seitdem die Mannschaftsdienstgrade mit „Affenjäckchen" ein schwarzes Tuch mit gebundenem Knoten um den Hals. Der blaue Schrägstrich auf dem Knoten symbolisiert die Trennung zwischen Ost- und Nordsee. Da es aber niemanden zuzumuten war, ewig in Trauer herumzulaufen, hob man sie mittels einer kleinen weißen Schleife am unteren Knotenende wieder auf.

Die Hose mit dem geknöpften Latz vorne, ähnlich der bayerischen Krachledernen, erleichterte sicher die kleinen Geschäftchen über die Kante, als Bordtoiletten noch nicht die Regel waren. Sehr praktisch, wie sich später auch bei gewissem Bierüberschuß auf Landgängen herausstellte. Die weiten Hosenbeine, ebenfalls praktisch, verständlich für jeden, der schon einmal versucht hat, eine enge Hose hochzukrempeln, um durchs Wasser waten zu können. Ob die voluminöse Unterwäsche oder die schönen Wollstrümpfe ebenfalls einen traditionellen Bezug hatten, ist mir nicht bekannt. Wenn es hieß: „Raustreten im Colani", so war damit ein 3/4 langes Mäntelchen gemeint. Schon im 19. Jahrhundert hatte die Familie (vom Designer) Colani in Berlin, Uniformen für die preußische Armee entworfen. Man sieht, der Marinesoldat ist ein wandelndes Geschichtsbuch! Nun mußte ich mich an meine Gruppen- und Stubengenossen gewöhnen, bzw. sie sich an mich, was sicher auch nicht einfacher war.

Erwähnenswert waren da z. B. Günter K. alias „Charlie", ein farbiges, amerikanisches Besatzungskind von athletischer Statur mit ausgeprägtem bayrischen Akzent, zuletzt als „Rausschmeißer" in dem Münchener Beatschuppen „Big Apple" beschäftigt. Besonders bis in die 90er Jahre tätig als Schauspieler in mehr oder weniger bekannten Filmen, allerdings unter seinem richtigen Namen. Vor kurzem war zu lesen, daß „Charlie" gestanden hatte, im Streit seinen Steuerberater erschlagen zu haben und dafür 15 Jahre „brummen" sollte. Er kam aber wieder frei, da wegen einer undurchsichtigen „Dreiecksbeziehung" andere als Täter festgesetzt wurden. Charlie, als Freiwilliger für 4 Jahre verpflichtet, unterhielt uns mit seinem schauspielerischen Talent des öfteren mit lustigen, originellen bayrischen Liedchen wie:

2. Marine-Ausbildungsbataillon, Glücksburg/ Meierwik

Vereidigung und 25jähriges Jubiläum der Garnisonsstadt Glücksburg 1965

„... droben auf der grünen Au, steht ein Birnbaum so blau, juchee ...", um z. B. die Wartezeiten beim Truppenarzt zu überbrücken. Dessen vorrangiges medizinisches Wirken bestand offenbar darin, vor versammeltem, mit wohligem Grausen interessiert zuschauenden Patientenpublikum, Blutblasen an den Füßen von Gewaltmarschopfern aufzuschneiden.

Dann war da noch „Maierr, Josseff", ein sogenannter Beuteldeutscher, der das bewundernswerte Kunststück beherrschte, einen Blech-Marmeladeneimer mit der bloßen Faust zu einem kleinen Knäuel zusammenzuklopfen die Verletzungen, die er sich dabei an den Händen zuzog, schienen ihm nichts auszumachen. Auch lieferte er sich dramatische, filmreife Schaukämpfe mit akrobatischen Wälzeffekten, die er mit unseren „Charlie" ausfocht, geradezu stuntmanreif!

Weiter gab es da noch ein kantiges Urvieh aus dem Frankenwald, der in einer mir unverständlichen Sprache, die wohl eine Art Dialekt sein sollte, darauf bestand, „daß dö Fronkenwolda koane Boian nit soan" (die Frankenwälder sind keine Bayern). Er brachte es fertig, sich mit einer langen Stricknadel so durch den Oberarm zu stechen, daß die Nadel an der anderen Seite wieder herausguckte, ohne daß Blut floß! Trotzdem drehte sich mir jedes mal der Magen um, wenn ich seine Kunststückchen mit ansehen durfte. Ich habe nie verstanden, wie er das gemacht hatte, obwohl er mir erklärte, es hätte mit Esotherik nichts zu tun und sei ein einfacher Trick. Man müsse nur die Nadel durch die richtigen Muskelfasern piksen und es täte angeblich überhaupt nicht weh. Unser Frankenwalder hatte sich, wohl nachdem er in unserer Kantine zuviel Fliegerbier getrunken hatte, eines Tages einen sehr dekorativen Irokesenschnitt machen lassen. Wir fanden das sehr originell, unser Gruppenführer und auch der Spieß allerdings überhaupt nicht. Sie befahlen ihm, sich das Resthaar auch noch abzurasieren und in diesem blanken Zustand war er dann noch eine ganze Weile leicht auszumachen.

Nun begann der harte Soldatenalltag mit allen bekannten kleinen und großen Widrigkeiten. Auf Befehl in den Matsch werfen, unter der ABC-Maske auf einem längeren Marsch bei Hitze lustige Lieder trällern, war schon etwas gewöhnungsbedürftig. Sehr beliebt war auch Exerzieren, Exerzieren und zur Abwechslung, ... Exerzieren. Denn schließlich

konnte man „so einen Sauhaufen, der noch nicht einmal richtig zu grüßen konnte", kaum an Land (aus der Kaserne) lassen. 6 Wochen hatte man uns also eingesperrt, bis wir endlich militärisch exakt auf Befehl Männchen machen konnten. Die ersten Leute mit „Knastkoller" tobten sich bereits in der Kantine aus und zerlegten das Mobiliar. Heute dagegen werden die jungen Rekruten eingezogen und sind morgen schon wieder zum „weekend" daheim bei Muttern. Jeder, der einmal Soldat spielen durfte, oder mußte, kennt sicher ähnliche starke Sprüche wie: „Das soll Stillgestanden sein? Das hört sich ja an, als ob eine Ziege aufs Trommelfell kackt!" oder:
„Mantow, Sie militärisches Embryo, Sie werden nie'n Soldat!", womit man wohl „leider" recht behielt.

Wir wurden so lange dressiert, damit wir bis zur Vereidigung, die mit dem 25-jährigen Jubiläum der Garnisonsstadt Glücksburg zusammenfiel, auch einen adretten Eindruck machen und grüßen konnten. Stolz marschierten wir, etliche Male vorher auf perfekten Anzugssitz mit akkuraten *Rammsteven* (Bügelfalten) überprüft, unter flotten Marschklängen des *Beethovengeschwaders* (Musikkapelle) am damaligen „nordischen Kriegsgott", Verteidigungsminister Kai-Uwe v. Hassel, und hohen militärischen Dienstgraden, Admirälen und ähnlichen Halbgöttern, vorbei. Endlos waren die Ansprachen, die Vereidigungszeremonie, die Beweihräucherung, usw.. Doch ab diesem Zeitpunkt durften wir endlich an Land, d. h. nach Glücksburg und Flensburg, wobei uns der Besuch der Gassen „Herrenstall" sowie „Olaf Samson Gang" in Flensburg, ausdrücklich untersagt war, was uns aber erst recht neugierig machte.

Manche unserer UvD's konnten sich daran ergötzen, unsere kleinen Landgangsfreuden möglichst zu verhindern. Das war für sie nicht weiter schwierig, denn wir durften damals ausschließlich nur in Uniform an Land. Und hier gab es genug Ansatzpunkte ungeputzte Schuhe, d. h. winzige, mikroskopisch kleine Staubkrümel, schmutzige Fingernägel, auch wenn sie abgekaut waren, usw.. Weiter oben habe ich schon die kleine weiße Fliege am schwarzen Knoten erwähnt, die nicht einfach zu binden, aber noch schwieriger exakt und glatt aufeinander zu legen war. Was lag da also näher, das Ding mit einer Schere zurecht zu schneiden und mit

Klebstoff fein säuberlich aneinander zu pappen. Ein gefundenes Fressen für unsere sadistischen Kontrolleure, die nur an einem Zipfelchen zu zupfen brauchten, und den Schummeler damit sofort entlarvten. Der Landgang war meist hinfällig bei einer mehrfach verzweifelt hingefummelten und verkorksten Fliege.

Für Abwechslung sorgte das regelmäßige *Kutterpullen* auf der Flensburger Förde, mit einem für 10 Galeerenruderer und einen Sklaventreiber am Ruder ausgelegtem Folterinstrument. Auch anders ausgedrückt, ein zum Segeln geeignetes, ziemlich schweres hölzernes Boot, das mit je 5 *Riemen* an jeder Seite vorwärtsbewegt wurde. Die Kommandos zur Fortbewegung klangen für das Laienohr allerdings etwas „schlüpfrig". „Riemen hoch" z. B. bedeutete nicht das, was man gleich denken könnte, sondern schlicht, die Ruder senkrecht zum Gruß in die Luft zu strecken. „Laßt laufen" bedeutete natürlich auch etwas anderes, und zwar, die Ruder längs der Bootsrichtung achteraus im Wasser mitlaufen lassen. „Halt Wasser" bedeutete keine Urinverhaltung, sondern war gewissermaßen die Bremse des Bootes. „Hol weg", „Masten hoch", „Streich Riemen" usw., überlasse ich der weiteren, hoffentlich nicht zu obszönen Phantasie des Lesers.

Für weitere Zerstreuung sorgte beim Morgenappell ab und an Obermaat *Drögewitsch (*Name geändert), Die Meldung vor dem Kompaniechef lief zumeist so ab: „O'Maat Dröggewüsch meldet die 1. Kompanie *vollzählig* angetreten, *es fehlen* äh ... fünf Mann, drei krank, äh ... drei im Urlaub". Man sah förmlich, wie er im Geiste versuchte, die schwierige Rechnung mit Hilfe der Finger zu bewältigen. Aber mit seinen Fingern konnte etwas nicht stimmen, denn öfters warf er zu unserer Freude alle Zahlen durcheinander. Schwierig war es, dabei ernst zu bleiben und nicht laut loszukichern.

Nach Hause fahren konnte ich in 3 Monaten nur einmal für einige Tage. 95 DM Wehrsold im Monat, erlaubten mir leider keine großen Heimaturlaubs-Sprünge. Öfter als einmal im Monat, wurde aber auch keine Heimfahrt genehmigt, es sei denn bei Krankheit, Notfällen oder Jubelfesten in der Familie. Auffallend war jedoch, wie plötzlich die Fälle „todkranker" Familienmitglieder oder Jubiläen zunahm. Nun, wir sorgten schon für Abwechslung, z. B. mit einigen neckischen Aktionen:

Ein Stubengenosse, stark angetrunken zurückkommend und sich mit letzter Kraft in seine Koje schleppend, verfrachteten wir - vier Mann vier Ecken - mitsamt seinem Bett, welches aus dem Rohrgestänge des unteren Bettes gezogen wurde, eine Etage höher. Genau über uns in einem leeren Zimmer, an den gleichen Platz wie unten. Als der Patient am nächsten Morgen aus seinem Koma erwachte, brauchte er etwas länger um sich zu orientieren. Sicher schwor er sich, seltener an Land zu gehen und nie wieder so viel reinzuschütten. Bei einer anderen Gelegenheit imitierten wir nachts mit mehreren Kämmen unsere Handsirene, rissen die Türen auf und riefen lautstark „Alarm, Alarm!" Die schlaftrunkenen Gestalten, die anschließend mühsam mit ihrem Koppeltragegestell, mit rutschenden Hosen und anderen Widrigkeiten kämpften, um ja rechtzeitig auf den Hof zu erscheinen, konnten einem fast leid tun, aber nur fast!

Eine der wichtigsten Phasen unserer Ausbildung war natürlich das Schießen, was ist schon ein Soldat ohne Knarre? Man erzählte sich, daß durch einen nervösen Rekruten unserer Kaserne vor nicht allzu langer Zeit eine Kuh erschossen worden sei. Nachts, bei dem gegenläufigen Wachrundgang am Kasernenzaun, hörte er ein verdächtiges Geräusch und wie er es gelernt hatte, ließ er sein Sprüchlein los: „Halt!" ... „Halt, wer da?" ... „Halt, wer da, stehenbleiben oder ich schieße!" ... peng! Ein Schuß in die Geräuschzone und eine arme Kuh außerhalb des Kasernenzaunes hatte ihre letzte Milch gegeben.

Auch andere Vorfälle machten den armen Wachgänger nervös, z. B. wenn ein etwas Angesäuselter am Nebeneingang über eine Mauer kletterte, um den versäumten Zapfenstreich um 10.00 Uhr abends zu verschleiern. Wie soll man sich verhalten, wenn jemand auf der Mauer überrascht wird und keck lallt: „Schieß doch, schieß doch!" Die Empfehlung: „Schleich dich in die Koje du Suffkop!" war sicher die beste Lösung. Unsere Schießübungen auf dem Schießstand, sorgten bisweilen auch für Überraschungen. Ein aufgeregter Rekrut zielte mit einer P 08 auf seine Scheibenfigur, wobei sich beim Abdrücken aber nichts tat. Ratlos hielt er dem dabeistehenden Uffz. die Pistole, mehrfach den Abzug drückend, klick, klick, vor die Nase mit den Worten: „Geht nicht, geht nicht".

Der entgeisterte Uffz. hat den Unglückseeligen auf der Stelle zu Boden gehauen, ich glaube nicht, daß er wegen Mißhandlung von Untergebenen dafür zur Rechenschaft gezogen wurde. Jede Patrone wurde genauestens registriert, fehlte eine, dauerte die Suchaktion länger als das ganze Schießen. Beim MG-Schießen wurde im Patronengurt nach 20 Patronen jeweils eine entfernt, damit die Rekruten sich mit „1 Schuß Dauerfeuer" vertraut machen konnten. Gerade als sich jemand vor sein MG legen wollte, fing das Ding plötzlich, vmtl. wegen eines Verschlußfehlers, von alleine an zu schießen und sich dabei vom Rückstoß getrieben, im Kreise zu drehen. Nach 20 Schuß war der Spuk vorbei und die nach allen Seiten verschreckt Geflohenen tauchten unverletzt und erleichtert, wenn auch noch etwas blaß um die Nase wieder auf. Meine beim Schießen erworbene Schützenschnur, die sogenannte Affenschaukel, sowie das Sportabzeichen, trug ich stolz bei offiziellen Anlässen, richtige Ehrenzeichen, mein Gott, wer hätte das gedacht!

Die Grundausbildung ging bald zu Ende und wir erwarteten unser erstes Bordkommando zum sogenannten Gastenlehrgang, oder Vollausbildung.

II. Kapitel

Tender „Main"
Wache tut Not!

Die meisten träumten von einem Kommando auf dem „Schulschiff Deutschland", Zerstörer der neuen Holstein-Klasse, einer Fregatte oder gar auf der „Gorch Fock", aber vorerst kam es anders, wie so oft im Leben. Tender „Main" hieß mein erstes Schiff.

Endlich an Bord! Aber ein Tender, das habe ich doch schon mal gehört?! Ist das nicht ein Versorgungsanhänger für den Holz- oder Kohlebedarf einer Dampflok? Aber ein Schiff?

Tender „Main" gehörte zum 5. Schnellbootgeschwader der Bundesmarine und war damals (1965) in Neustadt/Ostsee stationiert. Er wurde 1963 in Dienst gestellt und war das Versorgungsschiff für 10 Schnellboote vom Typ Kondor/Geier. Die Schnellboote hatten naturgemäß keine allzu große Reichweite und konnten auf See vom Tender mit Sprit und auch mit Torpedonachschub versorgt werden und damit ihren Operationsradius erweitern. 1968 wurde der Liegeplatz nach Olpenitz/Ostsee, in Marinekreisen auch „Olposibirsk" genannt, verlegt. 1976/77 wurde das Schiff an Griechenland abgegeben. Tender „Main" lag vorerst an der Pier im Marinehafen von Neustadt/Ostsee, hinter sich die 10 Schnellboote, wie die Glucke mit ihren Küken. Weiter lagen dort noch die U-Boote (*Angströhren*) „Hai" und „Hecht", Boote des Bundesgrenzschutzes, ein Tauchboot u. a..

Neu und ungewohnt war alles, nachdem ich mit (See-)Sack und Pack über die Gangway an Bord ächzte. Eng und unbequem auch. Unser Mannschaftsdeck lag im Vorschiff, zwischen Kettenkasten und Munitionsschap, wo die Granaten für das vordere 10 cm-Geschütz gelagert wurden. Zudem unter bzw. an der Wasserlinie mit 18 Kojen in einem Deck. Außer auf der Brücke gab es keine Bullaugen, um das Schiff bei einem ABC-Angriff (Atomar/ Bakteriell/ Chemisch) hermetisch dicht abzuschließen. Im Allgemeinen befanden sich drei Klappkojen übereinander, so daß nur eine sargähnliche Bewegungsfreiheit möglich war. Meine

Koje befand sich oben und hatte die Besonderheit, daß der ohnehin schon geringe Spielraum zur Decke durch ein querlaufendes Rohr verringert wurde. Bei Rückenlage gab es keine Probleme, die stellten sich erst beim Wenden ein. Die blauen Flecken an den Schultern sollten mich noch die nächsten drei Monate begleiten. Trotz vieler Überredungs- und Bestechungsversuche gelang mir leider kein Kojentausch.

Unsere Sachen mußten in einem Minispind kunstvoll verstaut werden. Das erforderte, wenn man sich z. B. an seine Unterhosen vorarbeiten wollte, daß zuerst das gesamte vorgelagerte Material entfernt werden mußte, um es dann fein säuberlich wieder neu zu drapieren. Nervtötend, denn der Spind wurde regelmäßig gemustert, u. a. auch der Rasierapparat auf peinlichste Reinlichkeit überprüft. Das gab an sich keine Probleme, da der verdreckte, tägliche Gebrauchsapparat im verschlossenen Privatfach lag und vor neugierigen Blicken sicher war, der Zweitapparat war natürlich immer blitzsauber! Ca. 100 Mann Besatzung auf engstem Raum, da waren Abstriche an Bequemlichkeiten unvermeidlich. Aber immer noch besser als auf einem U-Boot!

Die Mahlzeiten waren nur in Etappen möglich, was einigen sicherlich von Kreuzfahrtschiffen her bekannt ist. Nach dem Ruf durch den BÜ (Befehlsübermittler) Bordlautsprecher: „Backen und Banken für die 1. Division" stürmte die erste Hälfte einer ausgehungerten Meute in die Mannschaftsmesse. Trotz heuschreckenähnlichen Kahlfraßes blieb in der Kombüse aber meistens noch etwas für die 2. Division übrig.

Der Begriff „Backen und Banken" stammte aus Zeiten, als die Besatzung der Schiffe noch zahlreicher und der Platz noch begrenzter war. Die „Backen" (Tische) und Bänke wurden bei Nichtgebrauch unter die Decke bzw. an die Schotten (Wände) geklappt und befestigt, um Platz für die Hängematten zu schaffen. Übers BÜ im Kreuzgang, wurden die Befehle mit der Bootsmannsmaatenpfeife angekündigt und dann ausgesungen, d. h. melodisch in die Länge gezogen. Wie: ... tüüüdelüüt ... „Pfeiifen und Lunten aus, die eerste Division heraustreeten, auf die Poop (Achterschiff), zum Reinschiff!"

Sonntags wurden die sensiblen Marinesoldaten besonders zartfühlend und schonend zum Frühstück gebeten. Nach dem ersten, ausgesprochen zarten Pfeiftönchen, dem Locken, ertönte der Gesang: "Eeiine am Sack, die andere am Socken, Seemann bleib liegen, es war erst das Locken." Die nächsten fünf bis zehn Minuten ertönte noch eine ganze Reihe mehr oder weniger unflätiger Verse, wovon der Spruch: „Auf jeedem Schiff, das dampft und seegelt, ist einer der die Waschfrau ...", noch der harmloseste war. Schließlich ertönte der eigentliche Weckgesang: „Ä-Reeiise, ä-Reeiise aufstehen, ein jeder weckt den Nebenmann, ... der letzte stößt sich selber an!" Des Abends um 22.00 Uhr wurden die Seeleute mit dem Durchruf: „Ä-Ruuuhe im Schiff, Licht aus, alle Geister auf Station", zur Ruhe gebeten, damit sie sich von dem anstrengen Dienst erholen konnten.

Im oben schon erwähnten Kreuzgang wurde der Wachwechsel mit dem Ruf ausgesungen: „ Haaafenposten Musterung!" Nun ergab es sich, daß am BÜ ausgerechnet ein Ur-Schwabe, der sich offenbar noch im tiefsten Schwabenländle wähnte, diesen etwas abgewandelten Befehl aussang: „ Hooovepöschtle Muuschterung!" Ich bin sicher, daß in diesem Moment das ganze Schiff vor Lachen erzitterte.

Sicher ist es richtig, wenn ich die Seefahrt mit „zur See fahren" in Verbindung bringe. Nun lagen wir aber schon seit einigen Wochen nutzlos im Neustädter Hafen herum, nur durch abwechslungsreiches Wacheschieben unterbrochen. Besonders nachts, wenn im Dunkeln der kalte Nebel in einem hoch kroch und über endlose Stunden das eintönige „tuut, tuut" eines Nebelhorns ertönte, kamen erste Zweifel an der Entscheidung auf, zur Marine gegangen zu sein.

Doch bald tat sich etwas. Bewegung überall, Schlepper legten an und es hieß: „Klar vorn und achtern, Kopf- und Querleinen los!" Dann: „Halbe Kraft voraus", wobei unser „Tender Beule", wie wir ihn nannten, beim Drehen um ein Haar das gleichzeitig auslaufende U-Boot „Hai" rammte, welches mit dem Schwesterboot „Hecht" ebenfalls in Neustadt/Ostsee stationiert war. Damit hätten wir das ca. ein Jahr spätere Untergangsszenario, bei dem bekanntlich nur der Koch überlebt hatte, beinahe schon vorweggenommen. Ziel war Lübeck und . . ., ab in die Werft! Gleich bei Ankunft ging es ins Schwimmdock, damit das Unterwasserschiff einen neuen Anstrich erhalten konnte. Die Lübecker Werftzeit war

Tender „Main", 5. Schnellbootgeschwader, Neustadt/ Ostsee

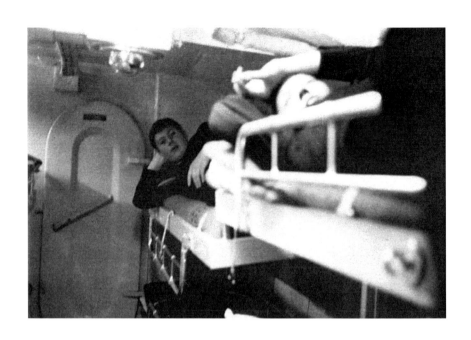

Tender „Main" – Kojen und Kanonen

geprägt von intensivstem Wacheschieben. Durch verschiedene Umstände ergab es sich, daß der größte Teil der Mannschaft zur Dauerwache verdonnert wurde.

Obligatorisch war die normale 2-Stunden-Wache im Hafen, mit 1 OvD, 1 UvD, 2 weiteren Mann und der Freiwache für die Ablösung. Der OvD war auf Rufbereitschaft, der UvD hielt sich mit 1 Mann im Kreuzgang auf, 1 Mann stand Wache an der Gangway. Insgesamt lösten sich also 10 Mann im 2 Stundenrhythmus regelmäßig in der Wache ab, wobei die Freigängerwachen tagsüber noch den normalen Dienst absolvierten. Tender „Main" lag nun im Dock, was war also wichtiger, als den „militärisch brisanten", jetzt auf dem Trockenen liegenden Schiffsboden, durch drei sich ablösende zusätzliche Männer, den „Posten Dock", bewachen zu lassen. Ausgerechnet zu dieser Zeit wurde festgestellt, daß das *Vorratsschap* bei der Kombüse auf geheimnisvolle Weise laufend um die leckersten Spezialitäten, die wir Fußvolk merkwürdigerweise sonst selten zu Gesicht bekamen, erleichtert wurde. Man vermutete, daß der Missetäter im Besitz eines Nachschlüssels war und reagierte auf diese Freveltat unverzüglich! Na, wie wohl? Mit einem neuen Posten „Freßschap" und einer mobilen Streife. Natürlich alles in dreifacher Besetzung.

Der Werfteingang lag unglücklicherweise ziemlich weit entfernt, ca. 15 Minuten zu Fuß. Dieselbe Strecke mußte dann am Werftzaun entlang nochmals in Richtung Stadt zurückgelegt werden, ehe wir, höchst ärgerlich, unser Schiff direkt querab, fast zum hinüberspucken, jenseits des Zaunes wieder zu Gesicht bekamen. Was lag also näher, als die Maschen des Zaunes etwas zu dehnen, soweit, daß ein Mann bequem hindurch paßte und dadurch wertvolle Landgangszeit gewann. Leider blieb auch diese Schandtat nicht unentdeckt, und welche Gegenmaßnahmen wurden bis zur Reparatur des Zaunes wohl getroffen?

Richtig! Ein „Posten Loch", natürlich mal drei, wurde gestellt. 22 Mann, fast ein Viertel der Besatzung, war also in tiefsten Friedenszeiten und an Land mit ständigem und unproduktivem Wacheschieben beschäftigt. So etwas würde unseren heutigen „REFA-ORGA Fachleuten" sicher das Blut zu Kopfe treiben.

Zwischendurch feierten wir das Weihnachtsfest an Bord. Die weihnachtliche Stimmung der an Bord verbliebenen Leute wurde durch eine Batterie der buntesten Spirituosen wie „Eckes Edelkirsch", Eierlikör, „Blue Curacao", „Jägermeister" und anderes brisantes Zeug angeheizt. Wären wir bei Bier geblieben, hätten wir die zwei folgenden Tage bestimmt besser überstanden. Ich hatte meine frühere „Likörerfahrung" noch einmal machen dürfen, beim bloßen Anblick von Likör schüttelts mich heute!

Die Werftliegezeit ging zu Ende, eine „Seefahrt" stand bevor, aber leider nur zurück nach Neustadt. Die Seewache war allerdings noch stärker besetzt als die Phantasiewachen in der Werft. Aber das war auch nötig. Die Maschine, Brücke, Ausguck, *Signalgasten,* Funkbude usw. mußten schließlich besetzt sein, um das Schiff in Bewegung zu halten. Zurück in Neustadt, wo wir den Rest unserer Ausbildung auch bleiben sollten, durchliefen wir noch einige „Spezialausbildungen". Geschützausbildung auf den schwedischen 4 cm Borfors-Flaks etwa, Rettungsinselübungen oder auch eine sehr realistische Feuer- und Katastrophenschutzausbildung. Hierfür stand uns ein ehemaliges Lotsenversetzungsboot, welches „Tai Tai" getauft worden war (den richtigen Namen hatte man schon längst vergessen), zur Verfügung. Dieses konnten wir nach Herzenslust in Brand stecken, versenken, oder uns sonst wie an dem armen Boot austoben.

In die *Bilgen* des Bootes wurde Öl gegossen, angezündet und wir durften dann, mit Feuerschutzanzügen, Atemgeräten, Schaumlöschgeräten und Schläuchen bewaffnet, vorsichtig das Schott öffnen, die nach außen dringende Stichflamme abwarten, um dann diese Bescherung irgendwie wieder zum Erlöschen zu bringen. Nebelkerzen im Innern des Rumpfes waren auch sehr beliebt, zumindest bei unseren Ausbildern, wobei wir blind mit ABC-Ausrüstung aus dem Boot „Verletzte" u. a. bergen mußten. Schiffe versenken machte am meisten Spaß! Hierzu hatte man unterhalb der Wasserlinie verschieden große Löcher von Daumengröße bis zu ca. zwanzig cm Durchmesser in die Außenhaut des Bootes eingearbeitet. Geschlossen wurden diese Beschädigungen á la Titanic mit hölzernen Pfropfen, großen Korken nicht unähnlich. Ein oder mehrere „Korken" wurden dann gezogen, und wir wurden zur „Schiffsrettung", besonders gerne auch nachts, herbeigetrommelt.

Oft aber erst dann, wenn das eiskalte Wasser im sinkendem Boot genug angestiegen war und uns schon bis zur Gürtellinie stand. Es dauerte, bis wir dann die Korken mit viel Mühe, gegen den Wasserschwall ankämpfend, wieder hinein gepfriemelt hatten. Während andere gleichzeitig wasserdichte Persenninge als Lecksegel mit Beiholbändseln unter dem Kiel des „Havaristen" hindurchzogen und den Schiffsrumpf von außen abdichteten, stand uns das nicht gerade saubere Wasser (Ölbrandrückstände) meist schon bis zum Hals und hinterließ eine dunkle Halskrause. Anschließend wurde das halb gesunkene Boot leergepumpt und stand für neue Spielchen wieder zur Verfügung.

Gegen Ende unseres Gastenlehrganges ging unser Deck, d. h. unsere Gruppe mit einigen unserer Ausbilder in Neustadt an Land zu einer Gruppenfeier in ein nicht weit entferntes, heimisches Lokal. Nach Erreichen eines gewissen Alkoholpegels kam bei mehreren unserer Leute vermutlich der ganze Weltschmerz über ihre verpfuschten Marineträume und aufgestaute Groll gegen unsere Ausbilder wegen ihrer kleineren und größeren Boshaftigkeiten, zum Ausbruch. Böse Worte flogen, Gläser hinterher, Fäuste ebenfalls und unter aufgeregtem Gerangel und Geschrei zog sich dann anschließend eine Blutspur aus tropfenden Nasen über den leichten Schnee bis hin zum Marinehafen. Nicht Freund und Feind mehr erkennend, gingen einige unserer Leute auf alles los, was zwei Beine hatte. So auch am Tor auf den wachhabenden Offizier, einem Oberleutnant mit seinen goldenen Streifen an den Ärmeln. Die Aufgebrachten kamen erst halbwegs wieder zur Besinnung, als einer schrie: „Seid ihr wahnsinnig, das ist doch einer mit Kolbenringen (Ärmelstreifen)!" Es gab offenbar schon immer leichte Unterschiede zwischen den Nasen des gemeinen Fußvolkes und denen der Dienstgrade.

Die Strafe folgte auf dem Fuße, alle mußten wir tags darauf in erster Geige blau auf der *Poop* antreten, um unsere Strafpredigt und die kollektiven förmlichen Verweise entgegenzunehmen. Da dies aber offensichtlich, vor allem bei den Wehrpflichtigen, keinen besonderen Eindruck hinterließ, verordnete unser Kommandant, ein Korvettenkapitän, eine Zwangsnachfeier an Bord in seinem Beisein. In angeregten Gesprächen, zwar auch mit alkoholischen Getränken, verlief diese Feier dieses mal aber recht harmonisch, wenngleich unter höchster Aufsicht.

Bald kam der Gestellungsbefehl für das neue Kommando und damit das Aus unserer Träume von einem Dienst auf einem Traum-Wunschschiff. 2. Landungsgeschwader in Wilhelmshaven hieß es, auf einem Landungsboot. Ein Landungsboot, oh Gott, was ist das denn? Vorher war für einige von uns aber noch ein Werftkommando in Kiel auf der „Gorch Fock" vorgesehen, erst später sollten wir uns von unserem Ausbildungsjahrgang alle zusammen wieder auf den Landungsbooten wiederfinden.

Landungsboot „Salamander"
Nur Zeitungen wurden schneller gedruckt
und U-Boote sanken häufiger!

Das 2. Landungsgeschwader, im Marinehafen von Wilhelmshaven stationiert, war ein Kern der damaligen Strategie, bei der man offenbar noch glaubte, mit diesen Dingern irgendwo beim bösen Feind unbemerkt anlanden und ihm Läuse in Form von Panzern und anderem militärischem Gerät in den Pelz setzen zu können. Man mag gar nicht daran denken, wie das Szenario bei einem wirklichen Krieg abgelaufen wäre. Nicht erst nach der Wende war bekannt, daß der Ostblock im Kriegsfalle als erstes Schleswig Holstein in einen einzigen Atompilz zu verwandeln gedachte, um sich den Zugang ihrer Flotten durch den Skagerag und Kattegatt frei zu pusten. Unsere Marine wäre, mitsamt unseren tapferen Landungsbooten zuerst „verdampft" worden. Nicht unrealistisch, denn der kalte Krieg und der Vietnamkrieg waren im vollen Gange, die Kubakrise noch nicht vergessen, welche 1962 die Welt an den Rand eines Atomkrieges gebracht hatte. Die Nerven lagen überall noch ziemlich blank.

Amphibisches Geschwader hieß unsere Landungsbootflotte, obwohl die Namensgebung der Schiffe nicht unbedingt stets mit Amphibien zu tun hatten. Sechs Stück gab es davon: „Salamander", „Eidechse", „Krokodil", „Viper", „Otter" und „Natter". Die letzteren beiden waren sogenannte Landungsunterstützungsschiffe, etwa 1.000 ts groß, 64 m lang mit je 100 Mann Besatzung. Mit ihren Raketenwerfern und anderer Bewaffnung sollten sie in der Lage sein, kurzzeitig eine Feuerkraft wie Zerstörer zu entwickeln um mit ihrem Feuerschutz die Landung der anderen Landungsboote zu ermöglichen. Diese erinnerten mit ihrem an Steuerbordseite aufragendem runden Brückenturm von weitem an ein U-Boot. Sie hatten ein durchs ganze Schiff laufendes offenes Ladedeck, welches bis zu 10 Panzer sowie 100 begleitende Soldaten aufnehmen konnte. Sie waren 750 ts. groß, 62 m lang und hatten jeweils 50 Mann Besatzung.

Bei „Brown Shipbuilding", in Houston gefertigt, lag das Baujahr der Schiffe zwischen 1943 und 1945. Sie waren ehemalige mittlere Landungsschiffe der USA und hatten als echte Veteranen noch die Landung in der

Normandie mitgemacht. Sie wurden uns bei Gründung der Bundesmarine für viel Geld von den Amis angedreht. Ob Adenauer damals dafür etwa einen Teil unserer damaligen noch üppigen Rentenrücklagen mit verbraten hat?

Über 400 Stück soll es von diesen Landungsbooten gegeben haben, sie wurden wie am Fließband gefertigt und damit quasi gedruckt wie Zeitungen. Vorne natürlich, befanden sich das Bugtor und eine Landungsklappe, ähnlich wie bei einer Fähre. Darüber drohte das Geschütz, eine 40mm wassergekühlte Doppelflak. Es war zum Glück kein Vorderlader mehr und schoß auch nicht mehr mit Kugeln. Es gab noch weitere kleinere, moderne Landungsboote, LCM's, gebaut ab 1964 und eine ganze Meute kleiner Boote, die zu einem anderen Geschwader gehörten. Nun, wir mußten das Beste daraus machen, da wir hier immerhin noch ein Jahr auszuhalten hatten.

Die Besatzung, 50 Mann, bestand aus ca. 20 Decksleuten, sogenannten *Polleraffen,* Maschinisten, genannt *Schwarzfüße* (auch Bilgenkrebse), Artilleristen, als *Arimixer* bekannt, einem Funker, sinnigerweise als *Funkenpuster* bezeichnet, der auch gleichzeitig den Rechnungsführer spielte und Verwaltungskram erledigte. Der Bootsmann hieß gemeinhin *Schmadding,* an die dreißig Jahre alt, immer noch Obermaat und mit *Wäsche hinten,* d. h. mit unserem Affenjäckchen und Exkragen. *Wäsche vorne* nannte man den feschen blauen Anzug mit Krawatte und Goldknöpfen, den alle höheren und älteren Dienstgrade trugen. Als unser Schmadding endlich zum Bootsmann befördert wurde, konnten wir ihn durch seine praktisch über Nacht durchlaufene Metamorphose tags darauf in seinem neuen Dress kaum wiedererkennen. Dann gab es da noch den Sani und natürlich den Koch, allgemein *Smute* oder auch *Schmierlappen* genannt. Der SE 12er war Nautikhelfer, uns aber geläufiger als *Feudelschwenker.* Für die einzelnen Fachbereiche gab es da noch verschiedene Maate und natürlich die Schiffsführung, den 1. und 2. Offizier und den Kommandanten, einen Oberleutnant zur See.

In dem Mannschaftsdeck waren 27 Mann untergebracht. Die Kojen bestanden aus mit Segeltuch bespannten Drahtgestellen, belegt mit einer dünnen Matratze, jeweils drei in einer Reihe übereinander, sechs in

Landungsboot „Salamander", 2. Landungsgeschwader, Wilhelmshaven

Landungsboot „Salamander" - Arbeitspause in der Werft

„Schrott-Boot" Salamander

einer „Box", wobei hier die *Back* aus Platzgründen an das *Schott* geklappt wurde. Ausnahme war die untere Koje, die auch gleichzeitig als *Backskiste* herhalten mußte, in ihr wurden Seestiefel und anderes Zeug verstaut. Der Nachteil dieser Lagerstatt stellte sich erst später heraus, wenn der jeweilige Besitzer des nachts zum Aufstehen genötigt wurde, weil der Wachgänger irgend etwas aus der Kiste benötigte.

Das gab dann natürlich regelmäßig lautstarken Stress mit dem Kojeninhaber, wobei zwangsläufig alle Decksbewohner gleichzeitig mit geweckt wurden. Erreichen konnte man das Deck durch ein *Schott* im Ladedeck an der Steuerbordseite und durch das obere Hauptschott zur Brücke. Ein Gang führte bis zur Luke des Niedergangs zum Mannschaftsdeck. Sie war die einzige Öffnung, durch die eine Art Lüftung möglich war. Ansonsten gab es nur einige wenige angebliche Lüftungsöffnungen, die im Sommer aber nur warmen und im Winter ebenfalls warmen Mief verbreiteten. 27 Mann in einem Deck verursachten des Nachts naturgemäß alle „Düfte des Orients" durch „Flatulenzen" und andere Ausdünstungen.

Die frische Besatzung wurde eingewiesen, allen wurde eine bestimmte Aufgabe anvertraut. Einer bekam das *Kabelgatt*, einer die Zeugkammer, das Munitionsschap, usw. Ich wurde auch nicht verschont. Mir oblag die Verwaltung der Farblast mit allen Pinseln und Farbpötten. Sehr verantwortungsvoll, besonders bei schwerem Seegang war es hinterher meist sehr mühsam, die zentimeterdicke Farbpelle wieder von den Schotten zu kratzen, die durch umherfliegende Farbpötte verursacht wurde.

Morgens war zuerst *Potackendrehen* (Kartoffelschälen) angesagt. Unausgeschlafen und mürrisch war unsere Schältechnik allerdings sehr nachlässig. Von einer faustgroßen Kartoffel blieb meist nur ein kleiner eckiger Würfel übrig. Von den zentimeterdicken Schalenresten wäre sicher noch manches Schwein dick und fett geworden. Oft gab es Zoff mit dem *Smutje*, weil er sich regelmäßig um mindestens eine *Pütz* zuviel verschätzte, die er später, von uns nicht unbemerkt, über die Kante entsorgte. Gelegentlich wurde ihm aus Rache von achtern, wo die Kartoffelkiste stand, erbost eine *Potacke* ins Kreuz geworfen. Nicht zuletzt auch deshalb, weil er es fertigbrachte aus dem besten Material - die Marine bekam wegen eines höheren Verpflegungssatzes nur ausgesucht gute Sachen - oft nur einen ungenießbaren Pamps zu brutzeln.

Achtern Steuerbord, war auch der Waschmaschinenraum, wo wir unsere *Takelpäckchen* (Arbeitskleidung) waschen konnten. Am reinsten und weißesten wurden die *Takelpäckchen* jedoch nicht nur mit Sunil oder Persil, sondern indem wir sie an einem langen Bändsel achteraus ins Wasser warfen und ein paar Stunden hinter dem fahrenden Schiff herzogen. Anschließend im Süßwasser gespült - weißer gehts nicht! Es kam auch mal vor, daß am eingezogenen Bändsel das Takelpäckchen fehlte, bestimmt vom Hai gefressen, Bändsel gerissen, von der Schraube verquirlt oder so.

Beim Reinschiffverteilen meldete ich mich nach einiger Zeit regelmäßig freiwillig als „*Apotheker*" bzw. „*Schiffsgärtner*" (Toilettenreiniger) zum Toilettensäubern. Alles andere war dagegen doch reichlich mühselig, wie sich bald herausstellte. Die Gänge waren am schwierigsten zu säubern. Zuerst mußten all die schweren *Grätings* (Holzroste) herausgewuchtet werden, ehe mit dem Fegen und Wischen begonnen werden konnte. Die Dinger wieder hineinzubringen war eine elende Würgerei, da sie genau eingepaßt waren und sich meist tückisch verkanteten.

Die Toiletten hatten keine richtigen Türen und waren vorne halb offen, die fünf Becken lagen nebeneinander, aber immerhin durch eine halbhohe Sichtwand voneinander getrennt. Morgens saßen die Leute dann da wie die Hühner auf der Stange und hielten „small talk" und qualmten, während andere an der Duftschleuse vorbeidefilierten, um nach einem freien Plätzchen zu suchen. Beim Reinschiff kam man hier aber kaum mit eklen Exkrementen in Berührung, man brauchte nur einen Wasserschlauch anzuschließen und alles mit Abstand und Volldampf ordentlich abzupusten, das ging recht schnell. Anschließend begab ich mich in den Notruderraum, der am weitesten entfernt von allem Geschehen lag und besorgte Toilettenpapier, welches dort gelagert wurde. Die Auswahl des angemessenen Klopapiers dauerte allerdings etwas länger, genauer gesagt etwa eine dreiviertel Stunde bis zum Ende des Reinschiffs. Bis dahin konnte ich mich vom anstrengenden Reinschiff auf Tauen und *Fendern aufschießend*, etwas erholen und auf den harten Alltag vorbereiten. Man hat zum

Glück nie näher hinterfragt, warum ich mich freiwillig ausgerechnet als *Schiffsgärtner* gemeldet hatte, wofür es wenig Interessenten gab. Ein wichtiger Grundsatz ging uns bald in Fleisch und Blut über: „Alles auf See, was sich bewegt, wird gegrüßt und alles auf See, was sich nicht bewegt, wird grau angestrichen!"

Bis auf kurze Seeübungen im Formationsfahren und Flak-Trockenübungen lagen wir zumeist nur an der Wiesbadenbrücke in Wilhelmshaven, auch Schlicktown genannt, fest. Wir lernten seemännische Gebrauchsknoten wie den *„Berlebecker Wuhlingstek", Spleißen* und machten uns mit vielen Seefahrtskünsten, wie Morsen, Flaggenalphabet u. a. vertraut.

Durch mein mühsam erlerntes Zierknotenknüpfen, das auch für die Pfeifenbändselherstellung verwandt wurde, konnte ich so manche Mark zur Aufbesserung meines kargen Wehrsoldes nebenher machen. Im Prinzip bestand so ein ca. ein Meter langes Pfeifenbändsel aus verschieden Variationen eines *Flachplatings* in Kombination von *Diamantknoten* und eines *Hohenzollernknotens*. Während einer der endlos erscheinenden langweiligen Wachen stellte ich mitunter eines der begehrten Pfeifenbändsel aus ca. 20 m weißen Nylongarn her. Meist konnte ich es für ca. 10,- DM verkaufen und somit meinen Landgang retten! Nein, mein Vaterland war in diesen Momenten nicht unbeschützt, denn an der Gangway kam niemand unbemerkt vorbei!

Ich glaube, meine etwas vergnubbelten Wurstefinger haben damals ihre endgültige Form durch das Knötchenknoten erhalten.

Das letzte Anlegemanöver
Schießen steckt an

Für Abwechslung sorgte die Heirat unseres Kommandanten in der berühmten Marinekirche von Wilhelmshaven, mit ihren schönen, von der Decke hängenden, alten Schiffsmodellen. Wir standen Spalier mit gekreuzten Riemen, die aus oben schon erwähnten Kuttern stammten. Bei den anschließenden Hochzeitsfeierlichkeiten kamen wir natürlich auch nicht zu kurz. Bei diesem Kommandanten gab es nur wenige Wochen später eine böse Überraschung.

Das Boot war auslaufbereit für Schießübungen in der Nordsee. Der Diesel lief, die Gangway war eingeholt, die Brücke war besetzt, die „Polleraffen" einschließlich *Schmadding* standen bei den Leinen bereit, wir warteten nur noch auf den „Alten", der aber nicht erschien. Der 1. WO beauftragte schließlich jemanden, den Kommandanten höflich an „klar vorn und achtern" zu erinnern. Wenig später erschien der Beauftragte mit der Meldung: „Der Alte liegt unten auf der Koje und ist ganz grün im Gesicht!" Wir rannten runter und entdeckten auf dem weißen Hemd unseres Kommandanten einen roten runden Fleck. Er hatte sich mit seiner Dienstwaffe in die Brust geschossen, niemand hatte es gehört und niemand wußte warum. Oft genug hatten wir den Verletztentransport geübt, eine Segeltuchpersennig wurde geholt und der noch Lebende wurde die engen Gänge entlang und Niedergänge hinauf nach draußen transportiert. Beim Transport über die *Traverse*, noch eine Handbewegung, wie zu einem letzten Gruß erhoben, war das Letzte, was wir von ihm sahen, bevor er in den bereits alarmierten Krankenwagen geschafft und wegtransportiert wurde.

Wenig später wurde die gesamte Mannschaft mit erster Geige blau (bester Blauanzug) auf das Ladedeck befohlen. Der 1.Offizier begann seine Rede mit den Worten: „Meine Herren, der Kommandant ist tot!" Der Geschwadergeistliche, auch *Seligmachermaat* genannt, richtete einige tröstende Worte an uns, die aber nur geringe Wirkung zeigten. Kaum verblichen, begannen schon die Gerüchte um unseren Ex-Kommandanten zu kreisen, von „Schmuggel" war die Rede, auch andere unbewiesene Parolen machten die Runde. Den wahren Grund erfuhren wir jedoch nie. Auch wenig mitfühlende Sprüche wie: „Wenn der da oben bei Petrus auch solche Anlegemanöver fährt wie hier unten, kommt er dort nie an!", waren zu hören. Nun ja, wir waren noch sehr jung und dumm und das Leben ging weiter. Es muß wohl etwas dran sein, daß Suizid ansteckend sein soll. Dieses Phänomen wird auch als „Werthers Effekt" bezeichnet, nach Goethes „Die Leiden des jungen Werther". Ganz besonders gehäuft zu beobachten, wenn Fans ihrem Pop-Idol ins Jenseits folgen.

Eine Woche später stand ich auf *Päckchenwache*, d. h. wenn zwei oder mehrere Boote nebeneinander an der Pier vertäut waren, war nur einer für die Wache von mehreren Booten eingeteilt, anstatt daß für jedes Boot eine Einzelwache stand. Dafür gab es an der Pier noch eine extra Hauptwache, die von dem sogenannten großen Wachboot, das regelmäßig wechselte und durch einen *Hilfsstander* am Signalmasten kenntlich gemacht war, gestellt wurde.

Die volle Verantwortung für das gesamte Piergeschehen lag also bei dieser Hauptwache. Das große Wachboot war heute unser Nachbarboot „Krokodil". Gegen 23.00 Uhr stand ich gelangweilt an der Gangway auf Wache, als mich ein anscheinend etwas angetrunkener Kerl vom Nachbarboot ansprach und mich von meiner Wache ablösen wollte. „Man habe ihn zur Strafwache verdonnert und ich könne mich nach Wachübergabe (wozu auch die Weitergabe der Dienstpistole gehörte), früher in die Koje legen. Prima, woll?" Etwas irritiert, auch wegen seiner Alkoholfahne und der zur Uniformjacke unpassenden Zivilhose, rief ich die zuständige Pierwache, die ja zu seinem Boot gehörte und erklärte ihr die merkwürdige Geschichte. Freudestrahlend ging der Pier-Wachmann auf das unerwartete Angebot seines Bordkumpels ein, obwohl ich meinte: „Laß das lieber, der ist doch duhn!", bald kehrte wieder Ruhe ein und eine ganze Weile tat sich dann nichts mehr.

War eine Pierwache vorhanden, mußte die *Päckchenwache* Rundgänge durch alle zusammenliegenden Boote machen und auch mal über Bord gucken wegen möglicher „böser Kampfschwimmer, enternder Piraten oder Terroristen", wie man uns immer wieder eingeschärft hatte. Genau während dieser Zeit meines Ausspähens nach „feindlichen U-Booten", ist der Pierwachenablöser offenbar zurück auf sein Boot gewankt um sich in seine Koje zu legen. Selbst die Wachen von den vor- und gegenüberliegenden Booten hatten nichts registriert. Wieder eine Zeitlang Ruhe, dann plötzlich Bewegung und Rufe: „Hilfe, Hilfe, euren Sani, euren Sani!"

Unbemerkt hatte sich der Wachablöser in seine Koje gelegt, mit der Pistole rumgefummelt und versucht, sich wie unser seliger Kommandant in die Herzgegend zu schießen. Getroffen hatte er jedoch schräg von unten sein Schlüsselbein, wobei die Kugel schräg hinten am Hals wieder austrat. Gelebt hat er dann noch etwa vier Wochen und starb als hochgradig Querschnittsgelähmter Panplegiker, sicherlich zu seinem Glück. Derjenige, der sich ablösen ließ, hatte sich einen bösen „Diszi" eingehandelt, obwohl die Geschichte mit der Strafwache gestimmt haben soll. Nach einiger Zeit hatte sich alles beruhigt und der Dienstbetrieb unter unserem neuen Kommandanten ging weiter seinen normalen Weg.

Gut gezielt ist auch daneben
Ein Kuckucksei in der Kajüte

Jetzt endlich ging es zum Schießen hinaus auf die Nordsee, in ein dafür reserviertes Areal. Trainiert mit unserem altertümlichen, wassergekühlten Geschütz hatten wir schließlich genug. Es befand sich, wie schon erwähnt, über dem Bugtor. Automatisch waren nur unsere Arme, die die Kurbeln drehen mußten. Der eine als Höhenrichtschütze, der gleichzeitig den Schußauslöser bediente, und der andere als Seitenrichtschütze. Bei Seegang eine ununterbrochene Kurbelei, um das Ziel auf einem Punkt zu halten, oder umgekehrt. Weiter waren da noch der Verschlußmann, oder besser der „Patronenreinschmeißer", der den Viererpatronenclip mit 4cm-Granaten in den Verschluß werfen mußte, und der wichtigste Mann, ohne den nichts ging, der „Patronenanreicher". Rund um das Geschütz befand sich der Geschützring, in dessen Halterungen die Patronenclips eingesteckt waren. Für ständigen Nachschub sorgte der *Arimixer*, der auch gleichzeitig die beim Schießen laufend herumfliegenden leeren Patronenhülsen zu bergen versuchte, sofern sie nicht ins Meer fielen. Schließlich wurden sie als begehrte Blumenvasen und ähnlicher wertvoller Hausrat genutzt und brachten ihm so manche Mark.

Jeder war irgendwann in einer der Bedienungsfunktionen mal dran, um die nötige Routine zu erhalten. Das ging dann recht flott, auch wenn damit sicher kein Krieg zu gewinnen war! Der Patronenanreicher reichte mit Schwung den Clip an den Patronenreinschmeißer, der ihn flugs in den Verschluß stopfte. Unter eifriger Kurbelei versuchte der Seitenrichtschütze das Ziel zu halten und der Höhenrichtschütze drückte gleichzeitig den Auslöser: „ratta, tatta, . . ratta, tatta".., kleine Pause und so weiter. Wenn man Glück hatte, traf man vielleicht auch mal in die Nähe des Ziels. Als Patronenanreicher war ich einmal etwas zu schwungvoll und zwar so, daß der Vierer-Granatenclip versehentlich über den Patronenreinschmeißer, der ihn nicht rechtzeitig ergreifen konnte, hinwegflog und sich in einem eleganten Bogen in Richtung Ladedeck bewegte.

„Mein Gott, so etwas kann doch mal passieren!"
Ich sah nur, wie sich die Leute oben auf der Brücke entsetzt Augen und

Ohren zuhielten und auf den Aufprall der Flakgranaten und den großen Bums warteten, der womöglich unser Boot versenkt hätte. Der große „Bums" blieb Gott sei dank aus, das Boot schwamm noch, aber ich las in den Gesichtern etwas, das ich schon einmal irgendwo gehört hatte:
„Mantow, sie werden nie'n Soldat!"

Auf den anderen Booten gab es andere Probleme. Dort sahen wir einmal eine riesige „Rauchsäule", verbunden mit zischenden Geräuschen. Nein, da war nicht der Patronenanreicher schuld. Nur der das Rohr umgebende Wassermantel eines Geschützrohres war geplatzt. Zu Schaden kam dabei, gottlob, niemand. Das Ziel, ach ja! Ohne Ziel machte die ganze Sache keinen Sinn. Da gab es z. B. das Luftziel. Ein privates Unternehmen war damit beauftragt, mit einem Propellerflugzeug einen Luftsack in einigen 100 m Entfernung hinter sich herzuziehen. Auf dieses Ziel ballerten wir nun was das Zeug hielt mit Leuchtspurmunition und der Hoffnung, den Luftsack möglichst dicht zu treffen. Getroffen haben wir das Ziel zwar nie, aber dafür einmal das Seil, an dem es vom Flugzeug gezogen wurde. Hübsch anzusehen war es, als der Luftsack wellenförmig herabtrudelnd schließlich in den Fluten versank.

Seeziele gab es natürlich auch. Sehr realistisch sollten wir einen alten hölzernen Fischtrawler ins Schießgebiet schleppen, freilassen und dann diesen „Feind" mit gezielten Schüssen vernichten. Fachgerecht befestigten wir den Trawler mit einem Festmacher und schleppten ihn in Richtung Schießgebiet mit langsamer Fahrt hinter uns her. Alles schaute nach vorn, denn dahin fuhr nun einmal unser Schiff. Niemand bemerkte derweil, daß der alte Kutter sich nach und nach „verkrümelte", d. h. der Abstand zwischen Wasser und Deckskante wurde unmerklich aber stetig geringer. Die altersschwachen Holzplanken vertrugen zwar den ruhigen Hafen, aber nicht mehr eine etwas aufgewühlte See. Als wir es endlich bemerkten, befand sich das Oberdeck schon im Wasser, nur das Führerhäuschen ragte noch heraus. Wenn der Klabautermann es gewollt hätte, wären wir sicherlich achteraus von dem sinkenden Boot mit in die Tiefen der Nordsee gezogen worden. Ein Rettungsversuch mit der Feuerwehraxt war zum Glück erfolgreich! Wir kappten das Seil, das uns mit einem peitschenartigen Knall von unserer „Last" befreite. Gerade rechtzeitig, ehe das

Führerhäuschen gänzlich von den Fluten bedeckt wurde und auf Nimmerwiedersehen verschwand.

Die Schießübungen verlagerten wir dann doch lieber auf etwas ungefährlichere Seeziele. Wieder wurde ein privates Unternehmen engagiert, was wohl sicher ein gutes Geschäft für den Betreiber gewesen sein mußte. Dieser zog mit einem Schlepper in einer Seemeile Entfernung einen Ponton mit einer hoch aufragenden Attrappe aus Segeltuch hinter sich her. Dann Leuchtspurgranaten rund um das Ziel, was wegen der Größe sogar auch mal getroffen wurde. Das Seil wurde dieses mal zwar nicht berührt, wohl aber der Schlepper selbst. Wie später zu hören war, ist ein Ding mitten in der Kajüte gelandet. Da sich dort niemand aufhielt, kam zum Glück niemand zu Schaden.

Ein Landungsboot hat naturgemäß wenig Tiefgang. Weniger als drei Meter, schließlich sollte so ein Dingsbums im „Ernstfall" ja auch auf flachem Strand aufsetzten, das Bugtor auf- und die Landeklappe herunterklappen können. Zudem war der Bug relativ plump gestaltet und der Unterboden flach wie eine Flunder. Bei Seegang machte sich dieses natürlich nachteilig bemerkbar. Das Boot folgte jeder Welle, tanzte wie ein Korken und dümpelte extrem nach jeder Seite. Es durchschnitt auch nicht elegant die Wellen, sondern boxte sich da hindurch wie durch eine Wand. Unsere bis zu 13 Knoten betragende Höchstgeschwindigkeit, ohnehin nicht gerade schnellbootverdächtig, reduzierte sich bei sehr schlechtem, gegenläufigem Wetter so, daß eben noch ein Steuern möglich war. Etwa bei Windstärke 9 - 10 wurde es nicht nur ungemütlich, sondern sogar gefährlich. So geschehen nach Abschluß einer Schießübung, wo wir in Schlechtwetter und so schwere See gerieten, daß wir Ijmuiden in Holland als Nothafen anlaufen mußten und damit vermutlich dem nassen Grab entgingen.

In solchen Fällen wurde „Sicherheitskurs" gesteuert, d. h. die Geschwindigkeit auf wenige Knoten gedrosselt und der Bug schräg in den Wind gehalten. Damit sollte vermieden werden, daß das Schiff eine „k.o.-Stellung" einnimmt, sich quer zur See legt und womöglich kentert. Bei Seegang ging es an Bord also zu wie in einem wildgewordenen Fahrstuhl oder einem lustigen Fahrgeschäft auf dem Rummelplatz. In solchen Situationen soll es sich bewähren, den Schwerpunkt, also die Mitte des Schiffes aufzusuchen, sich möglichst flach hinzulegen, irgend etwas Trokkenes zu mümmeln, an etwas anderes zu denken und sich abzulenken, sofern das überhaupt noch geht! Andere meinen, man sollte sich in frischer Luft zu bewegen und den Horizont fixieren, um den Eindruck der unmittelbaren Bewegung abzumildern. Ingwer soll auch Wunder bewirken, u. a. m.. Ablenkung hatte man in solchen Fällen besonders als Wachgänger auf der Brücke, entweder am Ruder oder am Maschinentelegraphen. Der Brückenturm befand sich, wie oben schon erwähnt, auf der Steuerbordseite und trug durch seine asymmetrische Lage zur Instabilität des Schiffes bei. Der Rudergänger hatte vor sich einen Kontroller sowie den Kreiselkompaß. Er saß auf einem festgeschraubten Barhokker und klammerte sich bei schwerem Seegang mit einer Hand an seinen Kontroller und mit dem anderen Arm an ein senkrechtes Rohr in unmittelbarer Nähe. Die Beine an den Barhocker verhakt, konnte kommen was wollte, er saß da, wie festgezurrt!

Unser Bordhund „Puschkin" nutzte in solchen Fällen den Rudergänger zumeist als letzten Rettungsanker, doch davon später. Schlechter dran war da schon der Posten Maschinentelegraph. Seine Aufgabe bestand darin, die beiden Kontroller des Maschinentelegraphen entsprechend den Anweisungen von oben zu bedienen. Das Boot wurde von der Schiffsführung, eine Etage höher, dirigiert. Dabei wurden durch eine Pfeife und Flüstertüte an einem langen Rohr nach oben (BÜ) die Befehle an den Rudergänger und den Posten Maschinentelegraphen übermittelt. Er stand mit dem Rücken am Außenschott der Brücke, klammerte sich an irgendwas fest und machte in seiner mißlichen Lage die Bewegung des Schiffes zu jeder Seite mit. Mal fast waagerecht auf dem Bauch liegend, dann wieder zur anderen Seite beinahe auf dem Rücken, bei gleichzeitiger drehend-senkrechter auf- und ab Bewegung, grauenhaft! Ich habe noch niemanden erlebt, der in dieser Situation seine letzte Mahlzeit in Ruhe hätte verdauen und bei sich behalten können.

Das Ergebnis, der Mageninhalt, unter dem Brückenbullauge als lange Fahne von außen gut sichtbar, war bei Ankunft im Hafen regelmäßig mit einem, am langen Stil gebundenen, Schwabber wieder wegzuschrubben.

Von den bei starkem Seegang sich selbständig machenden Farbpötten habe ich schon erzählt. Als sich aber einmal achtern die Kartoffelkiste los riß, flogen die Potacken wie lauter kleine Geschosse im Ladedeck umher, so daß wir sie mühsam wieder einfangen mußten.

Ich hatte bisweilen den dunklen Verdacht, daß die Brücke oben, von der aus die Schiffsführung bzw. wachhabenden Offiziere das Schiff führen sollten, mitunter überhaupt nicht besetzt war. Wie anders war es sonst zu erklären, daß ein Rudergänger (ich war's nicht!) das Boot unbemerkt einen vollen 360° Kreis fahren ließ und dann wieder auf alten Kurs ging. Selbst der Zigarettenqualm, den er durch das Befehlsrohr nach oben durchpustete und der wie ein kleiner Vulkan gewirkt haben müßte, blieb unbemerkt! Rauchen war immerhin während der Wache strikt verboten, unbefohlen Karussell zu fahren sicher auch.

Ein schwieriges Unterfangen war die Essensbeschaffung bei starkem Seegang. Für eine 6er Box im Mannschaftsdeck war gewöhnlich ein *Backschafter* eingeteilt, dessen Aufgabe reihum wechselte. Mit einem Tablett bewaffnet, schwankte er den Niedergang hinauf, den Gang entlang und dann durch das Schott quer über das Ladedeck in die gegenüberliegende Kombüse, wobei noch ein Schott zu öffnen war. Dann das Tablett, einige Teller, Kartoffeln drauf, Koteletts ebenfalls, Soße drüber und los ging's. Mit dem Ellenbogen und einem Fuß waren zwei Knebel des schweren Schotts zu öffnen. Beim Überschreiten des ca. 30 cm hohen *Schottensülls,* stand man zwangsläufig für Sekundenbruchteile auf einem Bein. Just in diesem Moment bewegte sich das Boot, Murphis Gesetzmäßigkeiten folgend, in die andere Richtung, so daß sich der Schwerpunkt wieder dahin zurück verlagerte, wohin man eigentlich gar nicht wollte. So stand man da, einen Vorderhuf zwar zum Schritt nach vorn erhoben, aber nichts ging im Augenblick mehr. Das schwere Schott klappte dann natürlich auch wieder zu, so daß man das Bein schleunigst wieder einziehen mußte, um es nicht zermalmen zu lassen. Das ging so mitunter minutenlang, bis man endlich den richtigen Moment erwischte und sturmumtost mit seiner Fracht im Ladedeck stand. Wenn das Schott mit seiner Schlagkraft das Tablett nicht schon vorher davongefegt hatte, so bekam im Sturm spätestens jetzt mindestens ein Kotelett den Auftrieb, den es zum Abheben benötigte. Hatte man das Essen der Kameraden glücklich bis zum gegenüberliegenden Schott transportiert, begann das Spielchen, Beinchen hoch usw., von neuem. Schließlich, ziemlich entnervt endlich im Mannschaftsdeck mit der lädierten Ladung angekommen, war erst die Hälfte der Arbeit getan. Dem armen Backschafter war es nicht zu verdenken, wenn er dann in voller Verzweiflung aufschrie:

„Holt euch euren Scheiß gefälligst selber!"

Jahre später hatte ich noch mit einem merkwürdigen „Seegangssyndrom" zu kämpfen. Geschirr, Kaffeetassen und alles andere wurden automatisch weiter in die Tischmitte geschoben, um bei Bewegung des Schiffes einen Absturz zu verhindern, trotz Schlingerleiste am Rand der Tischkante. Dieses Verhalten hatte ich als hoffentlich einzige Macke aus der Seefahrt noch einige Zeit an Land beibehalten, wo es bekanntlich kaum Seegang gibt.

„Klar vorn und achtern" hieß es und zusammen mit der „Viper" ging es nicht etwa auf große Fahrt, sondern ab in die Werft!

Das Schlaraffenboot
Zapfenstreich bis zum Wecken

Die Emdener Nordseewerke waren das Werftziel. Dort angekommen, verholten wir an eine entfernte Pier und wurden vorerst anscheinend vergessen, vielleicht sollten wir abgewrackt werden? Außer Wache und Verlegenheitsarbeiten, wie Reinschiff u.a., tat sich vorläufig nicht viel. Für etwas Abwechslung sorgten nur die abendlichen Landgänge, wo sich alle in unserer Stammkneipe, der „Zweimannlast", so genannt nach der dortigen Zweimannkapelle, trafen. Gelegentlich liehen wir uns auch unser Schlauchboot aus, paddelten im Hafen umher und fuhren bis in die Innenstadt. In der Werft lag damals auch noch die Original „Seute Dern" vor dem Umbau, bevor sie in Bremerhaven als Museumsschiff ihren letzten Liegeplatz bekam. Sie enterten wir und kletterten in den Wanten herum, bis uns die Wache erwischte und davonjagte. Etwas angesäuselt von Land wiederkommend, hatten wir mit dem Schlauchboot leichte Schwierigkeiten synchron zu paddeln, damit es sich nicht im Kreise drehte.

Für eine Woche Urlaub fuhr ich nach Hause und als ich eines Abends spät wiederkam, kannte ich mein Boot nicht wieder. Das Deck war aufgerissen und die Maschine war weg, die Unterkünfte waren geräumt, Chaos überall und meine ganzen Sachen verschwunden. Der einsame Wachgänger, das einzige lebende Wesen an Bord, zeigte auf einen alten M-Bock (Minensucher), wo ich meine Leute wiederfinden könne. Das alte ehemalige deutsche Hochseeminensuchboot, Bj. 1941, Typ Seestern/Seepferd, diente nun für die Dauer unserer Werftliegezeit als Wohnboot für insgesamt 100 Mann Besatzung der beiden Landungsboote. Fast jeder Quadratzentimeter des Bootes war mit Kojen belegt, einschließlich Sanischap und Umformerraum, der direkt über den Toiletten lag und wegen Undichtigkeiten darüber eine entsprechende „Geruchsglocke" hatte. Von uns sinnigerweise darum auch „Miefschap" genannt. Dafür war es dort aber schön warm und gemütlich, denn merke:

„Erfroren ist schon so mancher, erstunken aber noch keiner!"

Im Dunkeln, ohne meine Klamotten, tastete ich mich durch das „1.000-Manndeck", wo die meisten unserer Leute wie die Heringe in ihren Drahtgestellen lagen, und suchte nach einer freien Koje, die ich auf Anhieb nicht fand. Ganz vorne am Durchgang war zu guter Letzt noch eine Koje zu finden, die keiner haben wollte und nur deshalb noch frei war. Jeder, aber auch jeder, mußte daran vorbeilatschen, wenn er zum Pinkeln wollte, hin und natürlich wieder zurück und dabei das Schott zuknallen. Unglaublich, wie viele Leute nachts anscheinend unter Blasenschwäche litten! Außerdem befand sich direkt neben meinem Kopf ein undichtes zugiges Bullauge, das dafür sorgte, daß der ohnehin unruhige Schlaf durch blaugefrorene Ohren und Nase noch unruhiger wurde. Wer schläft schon gerne in frostiger Zugluft? Bald fand ich wenigstens meinen Seesack mit meinen Sachen ganz unten im ehemaligen Kohlenbunker wieder, wo er beim Umzug unachtsam hineingeworfen wurde. Lange blieb ich in der ungeliebten Koje allerdings nicht. Mein Freund Franz, mit dem ich oft an Land unterwegs war und auch sonst viel zusammenhockte, hatte das unverschämte Glück, im *Sanischap* (Sanitätsraum) alleine zu hausen. Schnell war Platz für eine zweite Koje eingerichtet und ich konnte sofort umziehen. Von da an begann praktisch ein Leben wie im Schlaraffenland und nicht wie beim Militär!

Noch vor dem Frühstück begann das übliche Reinschiff. Da alles ohnehin etwas durcheinander war und zudem 100 bunt durcheingewürfelte Leute auch von Unteroffizieren des anderen Bootes eingeteilt wurden, fiel es lange Zeit nicht auf, daß Franz und ich uns beim Reinschiff recht rar machten und meist erst zum Frühstück präsent waren. Genauer gesagt, schliefen wir erst einmal gründlich aus und erschienen dann sehr erholt zum Backen und Banken. Auch den übrigen „schweren" Dienst verbrachten wir häufig unentdeckt in unserem Refugium und verbrachten einen angenehmen Tag bis zum Dienstausscheiden.

Wie oben schon erwähnt, war durch die *Werftgrandis* (Werftarbeiter) auf den beiden Booten ein wildes Chaos durch Umbauarbeiten angerichtet worden. Das einzige, was technisch noch funktionsfähig war, waren die Kombüsen der beiden Boote. Sie bekamen Heißdampf, Wasser und Strom von Land, damit der Smutje uns mit seinen ¼-Sterne-Kochkünsten weiter beglücken konnte. Üblicherweise nahm jeder sein Tablett, Teller, Messer und Gabel, holte sich sein Essen vom 50 m entfernten Landungsboot, ging zurück auf das Wohnboot in das „1.000-Mann Deck", drapierte es auf eine der langen Klappbacken und verspeiste es mehr oder weniger genußvoll. Das Geschirr mußte man anschließend, wie es sich gehörte, abwaschen und im Geschirrspind wieder verstauen.

Leider, Vertrauen ist gut, Kontrolle ist besser, gab es eine Menge unkontrollierbarer, wenig vertrauenswürdiger fauler Säcke, denen das Abwaschen zu mühsam war! Was lag also näher, als das schmutzige Geschirr mit elegantem Schwung über die Kante auf Nimmerwiedersehen ins Hafenbecken zu befördern. Verständlich, daß nach nicht allzu langer Zeit das Geschirr etwas knapp wurde. So geschah es denn, daß einem, noch ehe der letzte Happen vom Teller gepickt war, ein besonders Ungeduldiger den Teller vor der Nase wegzog und damit zur Kombüse eilte, egal was an Resten noch daran klebte. Ein besonders Hungriger, bei seinen Vorgesetzten sowieso als *„Päckchen"* verrufener, ging nur mit seinem Becks-Bier Blechtablett ohne Teller zur Kombüse. Dort ließ er sich sein Essen, einschließlich Fleisch, Kartoffeln und Soße, draufpacken und bewegte sich zurück zum Wohnboot. Nun drehte er das ganze Ensemble auf der Holzback einfach um, zermanschte die Kartoffeln mit Soße und verspeiste dies ohne Teller direkt vom Tisch sichtlich mit Genuß und der Genugtuung, die lange Wartezeit auf das Restgeschirr somit umgangen zu haben.

Paradiesische Zustände herrschten auch beim Landgang. Der regelmäßige Besuch in der erwähnten „Zweimannlast" war doch zu angenehm, um wegen des läppischen Zapfenstreiches um 22.00 Uhr abgebrochen zu werden. Als richtig kriegsentscheidend hat dieses Zeitkorsett sowieso niemand empfunden. Meist fand sich immer jemand, der ohnehin an Bord zurück wollte. Ihm wurden alle Landgangskarten anvertraut, die er der Deckswache dann zum gesammelten Austragen: „20 x um 21.59 Uhr, zurück an Bord", überreichte. Somit waren offiziell immer alle pünktlich zurück an Bord, wie es sich gehörte. Eingetrudelt sind die meisten jedoch so zwischen 0.00 Uhr und dem Wecken. Einige kamen auch mit weiblicher Begleitung, damit es nicht zu langweilig wurde. In diesem Falle ging manchmal die Party an Bord erst richtig los, an Ruhe für die übrigen müden Leute war dann natürlich nicht mehr zu denken. Auf einsamer Wache stehend, beobachtete ich einmal gegen 0.00 Uhr ein Taxi, offenbar ohne Fahrgast. Wer sollte denn jetzt noch abgeholt werden? Vor unserem Bootswrack hielt der Fahrer an, stieg aus, ging um das Fahrzeug herum, öffnete die Tür und heraus kam . . . unser etwas angesäuselter Bordhund „Puschkin". Anscheinend war er nach reichlichem „Biergenuß" unseren Leuten in der Zweimannlast lästig geworden und wurde mit dem Taxi zurück an Bord abgeschoben.

Bordhund Puschkin
Bier und Hosenbeine

Unseren Bordhund habe ich bisher nur kurz erwähnt, ein ältlicher schmutzigweißer Spitz mit dem sinnigen Namen „Puschkin". Von allen verwöhnt, verhätschelt, betatscht und versaut, war er gewiß schon etwas „denaturalisiert". Außerdem haben sie dem armen Tier auch noch das Saufen beigebracht. Sehr gerne nahmen wir ihn öfters mit an Land, konnte er sich dann endlich einmal so richtig auspinkeln und seine Tretminen nicht mehr überall an Bord verbreiten. Wenn wir dann irgendwo einkehrten, ließen wir uns einen sauberen Aschenbecher geben, der mit Bier gefüllt wurde. Nach zwei/drei Aschenbechern hatte er genug, sank auf den Bauch und ließ seine vier Pfoten nach allen Seiten abstehen. Die restliche Zeit mußten wir den schnarchenden Hund dann unter den Arm geklemmt mit uns herumschleppen, oder ihn eben mit dem Taxi an Bord zurückschicken, wenn er uns zu lästig wurde. Ich weiß, das war nicht nett, aber „Puschkin" soll uralt geworden sein und hat noch manche Nachfolgebesatzungen erfreut bzw. verschlissen. Herrchen oder Alphawolf war der am nächsten Stehende oder derjenige, der das leckerste Häppchen verteilen konnte. Ein kluges Tier, wie wir Menschen hängte er opportunistisch sein Fähnchen in den Wind nach der Devise: „Weß' Brot ich ess, deß' Lied ich sing, bzw. bell."!

Die Ruheplätze für unseren „Puschkin" an Bord wechselten häufig, je nach Geduld des jeweiligen Kojeninhabers, auf dessen Beinen er es sich gemütlich zu machen pflegte. Er lag dann dort wie ein zentnerschwerer Klotz am Bein, schränkte die ohnehin enge Bewegungsfreiheit noch mehr ein und verkürzte die Nachtruhe nicht unerheblich. Wenn man dann des Nachts ein dumpfes Bumsen, ein kurzes Jaulen hörte, wußte man, aha, Puschkin wurde irgendwo wieder einmal brutal aus einer Koje geschubst und wenn man „Glück" hatte, war man selbst der nächste Auserwählte. Aufgrund seiner langen Bordzugehörigkeit, er hatte schon einige Vorgängerbesatzungen verschlissen, besaß „Puschkin" sogar einen von der Besatzung verliehenen militärischen Rang!! Er war „Hauptgefreiter" und damit gewissermaßen Vorgesetzter von den meisten unserer Leute!

Dies wurde kenntlich durch einen blauen Marineexkragen mit drei Rangstreifen an jeder Seite, den er zu offiziellen Anlässen in seiner Maskottchenfunktion immer um den Hals trug. An Land mitgenommen, legten wir ihm ab und zu seinen Exkragen um, womit er für einiges Aufsehen bei den „Landratten" sorgte. Eine Vorgängerbesatzung hatte mit Puschkin folgende Erlebnisse.

So tönte es einmal lautstark über den Decklautsprecher: „Die gesamte Mannschaft in erster Garnitur heraustreten ins Ladedeck!" Dies geschah immer zu offiziellen Anlässen, auch zu öffentlich verkündeten Disziplinarstrafen. Alle standen da in Reih und Glied, jeder auf seinem Platz, und harrten der Neuigkeiten, von denen niemand etwas genaues wußte. Der Alte erschien mit krampfhaft ernster Mine und dem 1. Offizier, aha, sicher ein Diszi für einen Befehlsverweigerer, Landgangüberschreiter oder sonstigen Frevel. Nun wurde „Puschkin" mit angelegtem Exkragen und an der Leine vom Bootsmann vorgeführt??? „Wegen tätlichen Angriffs auf einen Vorgesetzten wird hiermit der Hauptgefreite „Puschkin" zum Obergefreiten degradiert, zur Warnung und zur Läuterung aller!" Sprach der Alte mühsam den Ernst in der Stimme wahrend, unter glucksendem Gekicher aller so Gewarnten. Die Strafe wurde umgehend durch den Bootsmann vollstreckt. Mit eine Schere schnitt er dem freundlich schwanzwedelnden „Puschkin" je einen seiner Streifen vom Exkragen. Das aufsässige Tier hatte zuvor die Hose des Alten ruiniert und ihm mit seinem lückenhaften Gebiß ein Triangel hineingerissen. Unglücklicherweise verschlimmerte der Kommandant das Übel noch mit seinem abwehrend schlenkerndem Bein. Den wahren Grund der Puschkin-Attacke wußte niemand, ggf. senil-degenerative Erscheinungen oder die ansteckende allgemeine Abneigung gegenüber dem Kommandanten?

Starker Seegang, bei dem viele von uns grünlich im Gesicht wurden, war für unseren „Puschkin" erst recht kein Vergnügen. Nicht, daß sein weiß-schmuddeliges Fell grünlich wurde, sondern weil er sich mit seinen vier Pfoten nicht mehr so richtig festhalten konnte. Der einzige Ort, an den er sich bei schwerer See flüchtete und sicher fühlte, war die Brücke. Eine Zeitlang ging das ganz gut und er rannte geduldig „bergab", d. h. in die Richtung, in die das Boot sich neigte. An der einen Seite

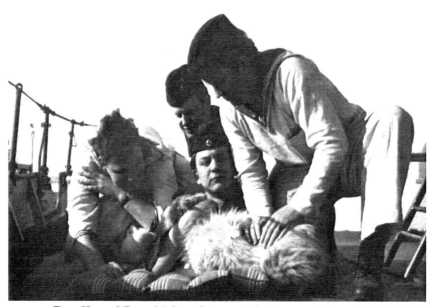

Bordhund Puschkin mit verschiedenen „Herrchen"

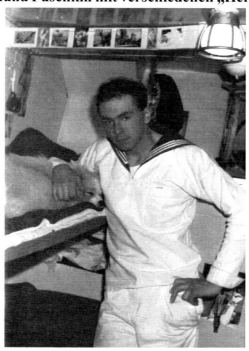

Werft in Emden, das „Schlaraffenboot"

Die „Zweimannlast" in Emden

verharrend, bis das Boot den Höhepunkt seiner Neigung, gelegentlich bis über 30°, erreicht hatte. *Krängte* das Boot auf die andere Seite, tapp, tapp, tapp, bergab bis zum Schott; einen Moment „Ruhe", tapp, tapp, tapp, wieder zurück ..., usw.. Kurz bevor der arme Hund genug von seinem Wechseljogging hatte, bekam er einen glasigen Blick und sprang dann in seiner hilflosen Panik mit einem Riesensatz auf den Schoß des Rudergängers. „Puschkin" krallte sich wie eine Katze fest und war bis zum Abflauen des Sturms dort nicht mehr hinunterzubewegen. Der Rudergänger klammerte sich also mitsamt Hund auf dem Schoß, mit seinen Beinen an den Barhocker, mit einem Arm um ein durchlaufendes Rohr und mit dem anderen Arm versuchte er das Boot zu steuern; ... nur im Zirkus gibt es bessere Nummern! Der Posten Maschinentelegraph war, wie oben beschrieben, ohnehin nicht mehr zu gebrauchen und daher in diesem Moment nicht hundetauglich.

Auch auf weiteren Einheiten der Bundesmarine gab es gelegentlich Bordhunde als Maskottchen. Ein Nachbarboot beherbergte eine Freundin unseres „Puschkin", namens „Susi", die von unserem ältlichen Spitz regelmäßig Herrenbesuch erhielt. Auf der „Gorch Fock" gab es einen schwarzen „Kunterbuntmischling" mit dem phantasievollen Namen „Whisky". Ähnlich wie unser „Puschkin" war auch er schon etwas aus der Art geschlagen. Eine seiner Lieblingsbeschäftigungen bestand darin, Seifenwasser zu schlabbern. Das Teakholzdeck der „Gorch Fock" mußte mit Bimstein, dem sogenannten Gebetbuch, und Unterstützung von Piasavabesen, sowie reichlich Seifenwasser fast schneeweiß geschrubbt werden. Mitunter wurde dabei das lustige Liedchen geträllert: „Mit dem Bimstein in der Hand, scheuern wir das Deck mit Sand...". „Wisky" berauschte sich förmlich daran, soviel Seifenwasser aufzuschlabbern, bis er rund und kugelig aussah. Äußerlich wurde er davon allerdings nicht weißer, dafür konnte er dann aber wahrscheinlich Seifenblasen pupsen!

Von anderen Schiffe gab es ebenfalls reichlich Gerüchte über etwas degenerierte Bordhunde. So wurde von leichtsinnigen Vierbeinern erzählt, die durch starken Seegang auf Nimmerwiedersehen über die Kante katapultiert wurden. Ein anderer soll so fett gewesen sein, daß man ihn zum Gassi gehen an Deck tragen oder rollen mußte. Im Allgemeinen hatten die Schiffsführungen ungern Tiere an Bord, wenn sie nicht gerade ausgewiesene Tierfreunde waren. Sie störten den Schiffsbetrieb, waren meist im Wege, verunzierten mit ihren Tretminen oft die frisch gereinigten Decks, oder lösten mit ihrem ammoniakhaltigen Urin die Farbe an.

Im Ausland verschwanden Bordtiere mitunter auf mysteriöse Weise. Später in Santos, Brasilien, warnten uns Einheimische ausdrücklich vor den vielen Garküchen am Straßenrand und dem angebotenen „lekkeren" Hunde-Schaschlik, oder „Perro asado". Es ist kein Gerücht, daß z.B. Hunde und Katzen in Südchina als Delikatesse gelten. Einen besonderen Geschmacks-Kick sollten die freigesetzten Stresshormone bringen, die beim zutode Knüppeln der armen Tiere freigesetzt werden. Man sagt, daß die Kantonchinesen alles essen, was fliegt, aber kein Flugzeug ist; alles essen, was Beine hat, aber nicht aus Holz ist; und alles was schwimmt, aber kein Schiff ist. Zur Entlastung der übrigen Chinesen und der hiesigen Chinarestaurants sei gesagt, daß sie ihre südlichen Brüder selbst für ein wenig pervers halten. Auf einer viel späteren Urlaubsreise in Guangzhou (Kanton) sah ich auf dem Quinping-Markt elende, jammernde, verwahrloste Kreaturen in viel zu engen Käfigen übereinander gestapelt als Delikatesse für den „Feuertopf", feilgeboten als besonderes Aphrodisiakum. An die anderen „Angebote" wie: Schlangen, Skorpione, Wasserkakerlaken u. v. a. als besonderen Gaumenkitzel, erinnere ich mich nur mit leichtem Grausen.

Letztlich, nur die „Verpackung" macht's, das Auge ißt mit, auch Würmer und anderes Getier bieten Proteine, Eiweiß und alles, was der Mensch braucht. Besser man weiß nicht, was alles in unserer Nahrung verrührt wird.

Geschwaderbremse mit Heimatwimpel
Frost in der Maschine

Unsere Werftliegezeit in Emden näherte sich dem Ende. Die herausgerissene Maschine, für die das Deck aufgeschweißt worden war, kam restauriert wieder an ihren Platz. Geschweißt, Rost geklopft und gemalt wurde an allen Ecken und Kanten. Unsere alte Klapprampe hatte man entfernt und durch eine neue, riesige hydraulische Rampe ersetzt, die längs unter Deck geschoben werden konnte. Anschließend ging es an die Ausrüstungspier in Wilhelmshaven, doch mehr darüber in: *„Landeoperation Millionenrampe".*

Eine „große Seereise" stand bevor. Über die Biskaya sollte es bis nach Lissabon in Portugal gehen. Wir warteten nur noch auf die „Eidechse", die kurze Zeit später mit stolz gesetztem zehn Meter langen Heimatwimpel in Wilhelmshaven einlief. Diesen Wimpel durften nur die Marineschiffe setzen, die einen längeren Auslandsaufenthalt hatten. So auch die „Eidechse", allerdings war sie nicht auf Weltreise wie man vielleicht glauben könnte, sondern für fünf Monate in einer norwegischen Werft! Hier ein Ausschnitt aus der „Wilhelmshavener Zeitung" zu dem Ereignis:

„Eidechse lief mit Heimatwimpel ein"
Besatzung genoß fünf Monate in Norwegen Gastfreundschaft.
Ein lange nicht mehr gesehenes Einlaufen erlebte die Schleusen-Crew der 4. Einfahrt, als sich das Landungsboot „Eidechse" am Wochenende in die Schleusenkammer schob. Das zum 2. Landungsgeschwader gehörende Boot, hatte den Heimatwimpel gesetzt. Nach genau fünf Monaten kehrte die „Eidechse" in den Heimathafen zurück.
Kommandant Oberleutnant zur See Horst Hombrecher und seine Besatzung freuten sich über alle Maßen, endlich wieder heimatliche Jadeluft einzuatmen. Die vertraute Wiesbadenbrücke präsentierte sich in Gala-Besetzung. Schon beim Einlaufen gab es - militärisch gesehen - einen großen Bahnhof, denn nicht nur Geschwaderkommandeur, Freg.-Kpt. Jobst, stand zur Begrüßung am Schleusenkai, sondern auch der Kommandeur der amphibischen Streitkräfte,

Kapitän zur See Johann Janßen. Beide sprachen der Besatzung der „Eidechse" ihren Dank für das vorbildliche Verhalten in Norwegen aus. Das Landungsboot ging bereits in den ersten Februar-Tagen von Wilhelmshaven nach Horten in Norwegen. Dort wurde das in den USA übernommene Boot völlig überholt, fünf Monate lang. Selbst der Stellenwechsel an Bord der „Eidechse" wurde in Horten vorgenommen, was für die „Lords" aus Wilhelmshaven mit einer langen Norwegen-Fahrt verbunden war.
Während der Werftliegezeit und den Erprobungsfahrten gab es für die „Eidechsen"-Männer harten Dienst. Sie erlebten Temperatur-Unterschiede von -35 bis +30 Grad.
Die Tagesunterschiede waren ähnlich: während der Polarnacht fünf Stunden Tag und sonst dunkle Nacht, während der Mitternachtssonne 22 Stunden Tag und nur zwei Nachtstunden. „Für uns war es zunächst ein Abenteuer, doch dann wurde es ein einmaliges Erleben", meinte „Eidechsen"-Kommandant Oberleutnant z.S. Hombrecher nach dem Einlaufen in Wilhelmshaven zur WZ. Nur eine Woche lang hat die Besatzung Zeit, sich im Heimathafen wieder zu akklimatisieren, dann geht die "Eidechse" wieder raus, um versäumte Seestunden nachzuholen.
Soweit der Zeitungsbericht.

Gelegenheit zum „Seestunden nachholen" gab es für die nächsten Wochen genug. Unser Geschwader lief nun aus zu großer Fahrt, doch ein Verband ist nur so schnell wie die langsamste Schnecke,... und das war die „Eidechse!" Wahrscheinlich steckte ihr noch der norwegische Frost in der Maschine. Die Höchstgeschwindigkeit der meisten Boote lag ohnehin nur bei 13 *Knoten*, die der „Eidechse" gar noch weniger, ein Segelschiff ist auch kaum langsamer. So hangelten wir uns Seemeile um Seemeile, mit Zwischenstop in Holland, sowie am nordöstlichen Zipfel der Biskaya vorbei an ehemaligen deutschen U-Bootbunkern, zunächst bis De Quimper und Lorient. Die Franzosen veranstalteten extra für uns eine Parade mit dem für sie typischen Hang zu theatralischen Effekten, damit die Überlegenheit ihrer Marine gegenüber uns Bochés auch ja deutlich wurde.

Mit zackigem Schritt unter den typischen Fanfarenklängen marschierten die aufgeputzten Marinesoldaten in ihrem für uns etwas drollig erscheinenden Marinedreß an der Pier hin und her. Die weiße, runde Marinemütze hatte oben mittendarauf einen großen roten, putzigen Plüsch-Bommel. Unten an den Hosenbeinen hatten sie enganliegende weiße, für uns ungewohnte, Gamaschen, die über die Schuhe reichten. Sehr praktisch, damit kann einem nichts aus der Hose fallen und womöglich auf die Schuhe kleckern. Am auffallendsten jedoch war der schöne große aufgedruckte Anker, der mitten auf der Brust auf dem quergestreiften Unterhemd prangte. Meine spätere Schwiegermutter hat mir einmal ein T-Shirt mit einem ähnlichen Motiv geschenkt, ich habe lange keinen gefunden, dem ich es weiterverschenken konnte.

Auf Landgang in Lorient lösten wir mit unserem weißen Paradepäckchen womöglich unangenehme Erinnerungen an die ehemalige deutsche Besatzungszeit aus, denn einige Male wurden wir angesprochen: „Schind Sie von die deosche Kriegsmarin?" Sehr freundlich waren die Einheimischen, wenngleich etwas reserviert. Bald ging es weiter quer durch die Biskaya, die dort häufige schwere See ritten wir geübt ab und bald kamen wir auch tatsächlich vor der Mündung des Tejo an.

Kutterrace und Wollhöschen

Das Geschwader sammelte sich, und unser Geschwaderkommandeur, „Eisenbeiß" genannt, dachte sich neckische Spielchen aus, um uns die Zeit bis zum Einlaufen in Lissabon zu vertreiben. Zur Stählung der Bordgesundheit sollten alle Boote jeweils ein Schlauchboot mit vier Ruderern zu Wasser lassen, die um die Wette mehrere Runden um den Schiffsrumpf paddeln sollten. Dem Siegerschlauchboot winkte eine Flasche Schnaps. Erhebliche Atlantik-Dünung machte die Aktion aber fast zum Desaster, denn nach der ersten Runde kenterte ein Schlauchboot. Diejenigen, die sich nicht an das umgekippte Boote klammern konnten, paddelten in der gurgelnden See um ihr Leben, denn der hohe Wellengang raubte ihnen schnell die Kraft, trotz der sich automatisch aufgeblasenen Schwimmwesten. So rasch es ging, wurden Rettungsringe geworfen und Rettungsinseln aufgeblasen, um den in Not geratenen zu Hilfe zu kommen. Alle wurden rechtzeitig geborgen und damit ein schlimmeres Unglück abgewendet. Die Erschöpften wurden mit Hochprozentigem schnell wiederbelebt und der normale Bordbetrieb konnte weitergehen. Unsere Körperertüchtigung auf See beschränkte sich später dann allerdings nur noch auf ungefährliches Wasserballett, wie z. B. sehr dekorative gymnastische Übungen an Oberdeck.

Unserem I. Offizier, Oberleutnant W., ist vmtl. die schwere Dünung überhaupt nicht bekommen. Er demonstrierte uns seine unerreichte „Tropenerfahrung" durch die Anordnung: „Jeder muß ab heute ein wollendes Leibchen tragen, um Nierenschäden vorzubeugen!" Natürlich nur aus Sorge um unsere Gesundheit, die von der „tropisch-portugiesischen" Hitze ernsthaft bedroht zu sein schien. Niemand konnte sich mehr so recht erinnern, ob wir so ein Wollhöschen ohne Beine überhaupt in unserer Ausrüstung hatten. Wahrscheinlich hatten die meisten dieses Ding als Stiefelputzlappen angesehen, entsprechend mißbraucht und verschlissen. Ziemlich ärgerlich, da unser I.O. nicht wieder zu Sinnen kam und auf das Anlegen dieses Dingsbums bestand. Er überprüfte konsequent die Ausführung seines „Befehls" und akzeptierte zu unserem Leidwesen auch leider nicht um den Bauch gepfriemelte Unterhemden und Handtücher als Leibchenersatz. Zwar ist niemand von uns an Nierenversagen o. ä. wegen Mißachtung dieser „lebenserhaltenden" Anordnung umgekommen, aber die uns verpaßten Strafwachen haben wir unserem I.O. noch sehr lange übel genommen. Verschiedenes wurde überlegt, wie wir uns am besten rächen könnten. Den Plan, unseren „Puschkin" mit seinen Tretminen ggf. als Geheimwaffe gegen den I.O. einzusetzen, verwarfen wir bald wegen der Unzuverlässigkeit dieses unberechenbaren Tieres.

Bald sollten wir in Lissabon geschlossen einlaufen und lagen dann vorerst noch auf Reede in der Tejomündung. Die Boote warfen dafür ihre Anker aus und an Deck mußte jeweils eine Ankerwache stehen und aufpassen. Tagsüber wurde der Ankerball gesetzt, abends die beiden Ankerlichter eingeschaltet, wobei das Hecklicht lt. Vorschrift ca. 4,50 m tiefer als das Vordere liegen mußte. Gegen vier Uhr morgens bei Sonnenaufgang, wurden wir durch erhebliche Unruhe, aufgeregte Rufe und Getrappel wach. Unbemerkt von der Ankerwache (ich war's nicht!!) – wahrscheinlich hatte er unentwegt sehnsüchtig seine Augen auf die Lichter an Land gerichtet – hatte sich ausgerechnet unser Boot während des *schwojens* von seinem Ankerhalt losgerissen und trieb lautlos aber stetig auf das benachbarte Boot zu. Nur wenige Dutzend Meter vor dem „Aufprall" bemerkte man, daß da etwas nicht stimmte. In letzter Minute wurde die Maschine angeworfen, Maschinentelegraph auf „volle Kraft zurück" und der Kelch namens „Viper" ging an uns vorüber. In sicherer Entfernung wurde der Anker erneut geworfen. Die dreifache *Schäkellänge* entsprechend der Wassertiefe, wird im allgemeinen an Kette gegeben. Hat der Anker gefaßt, *schwojt* das Schiff längs der Wind-, Wellen- oder Strömungsrichtung. Der Zug der Ankerkette mußte nun ständig im Auge behalten werden, sonst: . . siehe oben!

Die Anker wurden gelichtet und das Geschwader unter der, noch im Bau befindlichen Tejobrücke an der Christusstatue (der Figur in Rio nachempfundenen) vorbei. Und endlich machten wir, unter reger Aufmerksamkeit der Bevölkerung, in der Nähe der Fähranleger fest. Auch die portugiesische „Diario Popular" widmete uns einen Artikel, wobei die Ankunft der *„Esquadrilla de Lanchans de Desembarque da Alemanha"* mit insgesamt *„434 Homens"* besonders gewürdigt wurde. Tage der offenen Tür, Besuche von Sehenswürdigkeiten, wie u. a. das Denkmal Heinrich des Seefahrers, verschiedene längere Ausflüge bis nach Cascáis, wo der Tejo in den Atlantik mündet und Cabo da Roca, dem westlichsten Punkt Europas, standen bevor. Dies alles belohnte unsere Mühen, überhaupt bis hierher gekommen zu sein.

Der Landgang erfolgte nur in Uniform, mit den strahlend weißen Paradepäckchen, was sich als sehr unpraktisch herausstellte und die Nachteile des Marinelandganges zu denen von der Handelsschiffahrt deutlich machte. An Land besorgten wir uns zwei 3-Liter Drums Rotwein, von denen wir ab und an einen Hieb nahmen und uns mit aneinanderklingenden Flaschen einander zuprosteten. Als eine Flasche dabei einen Riß bekam und ihren roten Inhalt in einem schmalen Strahl dabei in die Gegend vergoß, funktionierten wir die Flasche zum „Botijo" um und schlürften den Inhalt gekonnt, abstandhaltend in den Mund zielend, um den wertvollen Inhalt zu retten. Die Paradeuniformen, nun ja, ein paar Tage mußten wir sie später schon hinter dem Boot herziehen, um sie wieder annähernd weiß zu bekommen, aber eher ging das Blau der Exkragen heraus als die Rotweinflecken.

Ein portugiesisches Sprichwort sagt: „Wer Lissabon nie sah, hat nie etwas Schöneres gesehen". Nicht ganz zu Unrecht, denn wer einmal über die Treppen der Alfama, der wunderschönen Altstadt Lissabons gelaufen ist, wird das bestätigen.

Nach einem Abschlußbesuch bei der Marinha Portugesa nahmen wir Abschied und es ging den ganzen elenden Kriechtörn wieder zurück nach Wilhelmshaven.

Lande-Operation Millionenrampe

Nach Wochen des normalen Bordbetriebes waren Manöver in der Ostsee angesagt. Ein kurzer Besuch in Hamburg, und dann ging es bald über Brunsbüttel-Koog durch den Nord-Ostsee-Kanal Richtung Kiel. Unterwegs gab es einige Ausweichbuchten, in die die Schiffe unter Beachtung der Vorrangigkeiten, z. B. Dickschiffe haben Vorfahrt, ausharren mußten, bis das andere Schiff vorbei war. Die Buchten hatten eine schräg gemauerte Uferböschung, die wir mit dem Heck beim Herausfahren versehentlich streiften. Beulen, Schrammen und Macken am Schiffsrumpf hatten wir zwar schon einige, auf eine mehr oder weniger wäre es auch nicht angekommen, aber diesmal hatte es eine unserer Schrauben erwischt. Ein Schraubenblatt war offenbar angeschlagen und setzte das Schiff während der Fahrt in arge Vibrationen, etwa so wie eine „Schlagbohrmaschine". Durch die ständige Unwucht drohte noch weiterer Lager- oder gar Maschinenschaden. Deshalb liefen wir mit der verbliebenen heilen Schraube in Schleichfahrt zunächst in die Howaltswerke Kiel, um den Schaden im Trockendock reparieren zu lassen. Der „Krieg" mußte also vorerst ohne uns gewonnen werden.

Mit einer nagelneuen Ersatzschraube versehen „jagten" wir mit zwölf Knoten dem Geschwader nach und trafen es in Dänemark zu einer großangelegten Landeoperation wieder. Unter Geheul unserer Ami-Sirene und Scheingefechten der Landungsunterstützungsschiffe „Natter" und „Otter", liefen wir mit den Bug auf den Strand, nicht ohne vorher unseren *Warpanker* am Heck auszuwerfen. Damit konnten wir uns gewissermaßen mit den Haaren wieder aus dem Sumpf, d. h. nach achteraus mit dem *Spill* vom Strand wegziehen. Nach diesem Muster wurden früher Segelschiffe bei Windstille oftmals viele Seemeilen vorangezogen, wobei der Anker ins Beiboot gehievt und etliche *Faden* weiter voraus fallen gelassen wurde. An Bord quälte sich die Besatzung am Ankerspill und bewegte das Schiff, in den Spaken hängend, mühsam Meter um Meter auch gegen Wind und Strömung voran.

Unsere „Millionen-Rampe" kam hier endlich praxisbezogen zum Einsatz, wenngleich sie uns keinen Vorteil gegenüber den anderen

Booten verschaffte, dafür hatten wir aber etwas, was alle anderen nicht hatten.

Über eine Mio. DM soll der Einbau unserer neuen Rampe damals in der Emdener Werft gekostet haben. Peanuts für den Nutzen, den uns diese technische Neuerung bringen sollte, denn angeblich könnte das Boot damit noch besser an Strand anlanden, um Kriegsgerät übernehmen zu können. Nach der ersten Werftprobefahrt fiel jedoch eine Kleinigkeit auf, woran die Konstrukteure offenbar nicht gedacht hatten; wegen des nunmehr etliche Tonnen betragenden Mehrgewichts war das Boot kopflastig geworden! Was blieb uns also anderes übrig, als an der Ausrüstungspier in Wilhelmshaven unseren Notruderraum mit etlichen Tonnen Gegengewichten vollzupacken, um das Schiff wieder auszutrimmen. Dadurch erhöhte sich allerdings der Tiefgang so sehr, daß der ganze schöne Vorteil, den uns der teure Umbau schließlich bringen sollte, hinfällig war. Wir konnten nun zwar nicht mehr so dicht auf den Strand anlanden, dafür hatten wir aber eine längere Rampe, toll was?

Kriege gewinnt man meist auf dem Schlachtfeld und nicht nur auf dem Papier, ich denke lieber nicht weiter darüber nach!

Die Gegengewichte bestanden aus etlichen, mit einem Griff versehen, 25 kg schweren Eisenbarren, die von einigen Lastwagen angekarrt und von Hand zu Hand per Kette über die Gangway bis in den Notruderraum weitergereicht werden mußten. Ich glaube, meine Arme sind seitdem etwas länger als bei „normalen" Menschen.

Zur Belohnung war nach der schweißtreibenden Arbeit des Abends Schnapsausgabe, der mit einem, eigentlich nur als „Kinderpfiff" bekannten Signal aus der Bootsmannsmaatenpfeife, angekündigt wurde. Diese Bootsmannsmaatenpfeife mit ihrem trillernden Zungenpfiff richtig zu beherrschen war nicht so einfach, aber auch hierfür gab es wahre Virtuosen. Bei jeder Befehlsdurchgabe wurde sie benutzt, und das wichtigste auf Wache war, sei es Fregattenkapitän „Eisenbeiß", VIPs oder andere Ehrengäste und Dienstgrade, während sie die Gangway hinaufschritten, eine gekonnte Seite zu pfeifen. Oben an Deck angekommen wurde dann „abgepfiffen", worauf der Gast die *Gösch* (Flagge) grüßte. Ich wurde einmal arg angeblafft, weil ich beim Seite pfeifen etwa in der Mitte der

Gangway abgepfiffen hatte. Damit hatte ich dem hohen Gast gewissermaßen frühzeitig den „Kopf abgepfiffen" und das Ritual etwas durcheinandergebracht.

An einem Strand in Dänemark kamen zehn Panzer dröhnend und stinkend an Bord und wurden im Ladedeck mit Spannschrauben seesicher verschalkt. Ca. 100 Soldaten verteilten sich an Oberdeck, standen überall nutzlos im Wege herum, feixten, stänkerten und machten dämliche Bemerkungen über uns „*Polleraffen*" oder „*Seeziegen*". Nach dem Auslaufen ließ die Rache nicht lange auf sich warten, viele der Seeungewohnten, insbesondere Landungsboot-ungewohnten Soldaten (Stoppelhopser, jawohl), verfärbten sich und boten ein Bild des Jammers. Sie hingen an Oberdeck herum wie ein Schluck Wasser in der Kurve und verstreuten ihren Mageninhalt zumeist gen *Luv*! Den alten Seemannsspruch kannten sie anscheinend nicht:

„Spuckst du in Luv..., kommt's wieder ruff,
spuckst du in Lee..., geht's in die See!"

Nein, sie taten uns nicht leid, wenn es uns selbst mit dem Seegang zu bunt wurde, gingen wir feixend „zur Erholung" unter Deck, während die armen Stoppelhopser grünlich verfärbt und fröstelnd bei Sturm und Regen elend an Oberdeck ausharren mußten. Rache ist süß:
„*Homo humulis lupus*", der Mensch ist des Menschen Wolf!

Nach dem Entladen unserer Panzerfracht und menschlichen Überreste fanden noch ein paar Schießübungen auf See unter Kriegsmarschbedingungen statt. Die Seewache, auf See vier Stunden, wurde bei Kriegsmarsch auf das Doppelte verstärkt, und das Geschütz war in Dauerbereitschaft besetzt. Vier frierende Gestalten verkrochen sich hinter den Munitionsring unter Persenningen, bis sie nach vier Stunden als bibbernde Eisklötze endlich abgelöst wurden, dann lieber doch bei Seegang als Posten Maschinentelegraph.

Das Manöver neigte sich seinem Ende zu und weiter ging es nach Kopenhagen. Im Dunkeln und bei schlechtem Wetter, froh, endlich angekommen zu sein, warteten wir auf die Zuteilung eines Liegeplatzes. Man ließ uns spüren, daß die Deutschen wohl immer noch nicht so recht willkommen waren und wies uns eine besondere „Gästepier" zu. Direkt neben einem riesigen Kohlehaufen, der zu einem Kraftwerk gehörte, zudem bei stark ablandigen Wind, dauerte es nicht lange, bis sich im Boot überall, auch in den letzten Winkeln, zentimeterdick Kohlenstaub anhäufelte. Alles war schwarz, die Takelpäckchen, die Kojen, die Klos und während des Essens knirschte es schwärzlich zwischen den Zähnen. Verzweifelt warfen wir am nächsten Vormittag die „schwarzen" Leinen los und flüchteten uns auf Reede in die Hafeneinfahrt in den frischen kohlefreien Wind. Noch Wochen später fegten wir die letzten Kohlekrümel zusammen, sofern sie nicht schon weggeweht, verdaut oder verwischt worden waren. Ich glaube, an flottem Stuhlgang hat in dieser Zeit niemand gelitten, denn bekanntlich soll Kohle gut gegen Durchfälle sein! An Land durften wir in Dänemark ausnahmsweise nur in Zivil, nicht nur, weil wir keine sauberen Uniformen mehr hatten, sondern weil wir damit wenigstens nicht gleich auf Anhieb als „deutsche Besatzer" zu erkennen waren. In Zivil besuchten wir auch die kleine Meerjungfrau und sahen uns ein wenig im Kopenhagener Tivoli um.

Auf dem Rückweg nach Wilhelmshaven rammten wir auf „Kriegsmarschfahrt", die realistischerweise unbedingt ohne Positionslichter stattfinden mußte, fast ein Fährschiff, das uns entsetzt bestimmt für den fliegenden Holländer gehalten haben muß, der unvermutet aus dem Dunkeln auftaucht.

Wieder im Nordostseekanal, blieb diesmal die Schraube heil und ich unterhielt mich auf Ruderwache angeregt mit dem *Lotsen*, einem ehemaligen Kapitän der Handelsschiffahrt. Das war üblich, denn viele ältere ehemalige Kapitäne, verdingten sich bis zur Rente auf den Lotsenposten, damit sie mehr von ihrem Familienleben hatten. Es hieß, erst wenn ein Lotse nicht mehr die Lotsenleiter erklimmen kann, sei er reif zur Rente. Der nette Lotse setzte mir den Floh ins Ohr, doch bei der „Christlichen Seefahrt" weiterzufahren. Es gäbe da sogar Möglichkeiten, daß 15 Monate der Seefahrtzeit bei der Bundesmarine auf die Ausbildungszeit zum Matrosen bei der Handelsschiffahrt angerechnet werden könnten. Der Lotse gab mir noch weitere nützliche Tips und empfahl mir sogar einige Reedereien, wie z. B. die Hamburg-Süd der Oetker-Gruppe mit Fahrtgebiet Südamerika, oder die Rickmers Linie in Richtung Ostasien. Von einigen Reedereien, wie der Reederei mit dem berüchtigten „Hungerkreuz" am Schornstein, riet er mir ausdrücklich ab. Ich vernahm es mit höchstem Interesse und speicherte alle Neuigkeiten in den versteckten Hirnwindungen, in den alle noch nicht ausgeträumten Jugendträume untergebracht waren.

71% der Erdoberfläche bestehen aus Wasser, sieben Weltmeere gibt es: Südpolarmeer - Nordpolarmeer - Nordatlantik - Südatlantik - Indischer Ozean - Nordpazifik - Südpazifik. Die Welt war so groß und sehr wenig kannte ich davon, um so größer aber waren meine Neugier und meine unausgereiften Träume, die man in der Jugendzeit sicher noch haben darf.

Die Seebädertournee
Viel Wind wenig Ehr

In den letzten Monaten unternahmen wir noch einige Seeübungen und machten eine Seebäderfahrt, d.h. wir besuchten verschiedene Inseln, wie Borkum, Langeoog, Föhr, Helgoland u. a.. Tage der offenen Tür mit Horden von Besuchern, die wir mit Getränken und der Beantwortung dummer Fragen versorgen mußten. Auch manche zarte Bande entwickelten sich, die aber leider bei Auslaufen des Bootes wieder auseinander drifteten.

Den Helgoländer Gästen boten wir ein besonderes Spektakel. Bei stark ablandigem Wind versuchten wir an die Pier anzulegen, dort, wo die Fischerboote ihren Platz hatten. Beim ersten Versuch gab es aber einige Schwierigkeiten, die Kopfleine konnten wir noch mühsam mittels Wurfleine übergeben und an Land festmachen lassen. Aber ehe wir die Heckleine übergeben konnten, wobei uns die Wurfleine durch den starken Wind wieder ins Gesicht zurückwehte, trieb unser Boot so ab, daß wir an der Strippe mit dem Bug weitab von der Pier und mit dem Heck querab zur See hingen. Alle Ruder- und Maschinenmanöver, uns mit dem Heck näher an die Pier zu bringen, schlugen fehl, der ablandige Wind war zu stark. Hinzu kam das Malheur, daß sich das Spill mit der belegten Kopfleine nicht mehr bewegen ließ. Während des Manövers hatte der Bootsmann plötzlich den abgebrochenen Spill-Kontroller in der Hand und nichts ging mehr, auch nicht mit Flüchen und Rohrzange.

Unterdessen sammelte sich an Land eine umfangreiche, interessiert gaffende Menschenmenge und klatschte Beifall für jedes mißlungene Manöver. Wir sahen den hochrot angelaufenen Kopf unseres Kommandanten und befürchteten spätere Racheakte, die er an uns auslassen könnte. Nach langem Hin und Her, schnappten „all hands" die vertrackte Kopfleine und zogen das Schiff per Hand mühsam zentimeterweise mit den Bug näher an die Pier heran. Irgendwann gelang es uns, eine Heckleine rüberzugeben, per Hand wegzuholen und damit das Boot endlich an der Pier festzumachen. Das dankbare Publikum hatte sicher noch nie eine so interessante „live Schiffsshow" verfolgt, beinahe waren wir versucht, Eintrittsgeld zu kassieren. Einigen glaubten wir jedoch die Enttäuschung anzusehen, daß wir nicht untergegangen waren.

Immer noch frustriert, gingen wir aufs Oberland in den „Störtebecker" und versuchten diesen Tag zu ertränken. Leider gab es irgendwie mit einigen Gästen Streit und unsere Leute hauten sich in der Kneipe, daß die Fetzen flogen. Ich fing mir eine arge Schramme am Kopf ein, dafür hatte ein anderer, hoffe ich, ein blaues Auge. Da wir noch einige Tage in Helgoland lagen, ging von Stund an eine mit Schlagstöcken bewaffnete Abteilung unseres Bootes an Land Streife, zu denen u.a. die dicksten Muskelprotze wie etwa unser „Charlie" (der geübte Rausschmeißer und spätere Schauspieler, siehe oben) ausgesucht wurden, und kontrollierten die wenigen Helgoländer „Vergnügungsstätten".

Auf einer anderen Nordfriesischen Insel verdrehte ich mir mit einer schweren Persenning, die für einen letzten Abend der offenen Tür im Ladedeck als Wetterschutz gespannt werden sollte, zu allem Überfluß das Kreuz. Gerade in dem Moment, als ich damit über die Traverse des Ladedecks gehen wollte, mußte mir jemand entgegenkommen, sich vorbeiquetschen und dabei die Persenning mit mir wie einen Kreisel halb um meine Wirbel-Achse drehen,... knacks! Lange sollte ich damit noch herumkrebsen. Überhaupt war allgemein die Luft raus, kein Motivationsschub mehr zu spüren, niemand hatte so richtig Lust, sich noch auszutoben und den Krieg zu gewinnen, da für die meisten nach Weihnachten ohnehin ausscheiden mit Dienst war.

Eines Sonntags morgens saß ich gegen 7.30 beim Frühstück; hungrig, müde und mißgelaunt nach meiner 4.00 / 6.00 Wache, saß ich da und mümmelte vor mich hin, in der Erwartung, anschließend zwar als „Freiwächter", aber dennoch bis zu meiner nächsten Wache entspannende Ruhe in meiner Koje zu finden. Gegen 9.00 Uhr weckte mich Gefreiter B. aus tiefstem Schlummer ziemlich ruppig mit den Worten:

„He, raus aus dem Scheißkorb, Du sollst sofort an Deck kommen!" Etwas unwirsch entgegnete ich: „Du kannst mich mal!!" „Aber ..., der Schmadding hat das gesagt". „Was der,... der kann mich mal erst recht!!!" Leider stand der Bootsmann oben bereits am Niedergang und wartete schon ungeduldig auf mich als Freiwächter und hörte meine etwas lautstarke Unmutsäußerung. Er befahl mir, unverzüglich zu einem ca. 100 m entfernten Müllhaufen zu eilen, um eine zerbeulte, durchlöcherte Zinkpütz dort herauszuklauben, damit er, der Bootsmann, diese Pütz beim nächsten *„Schecken und Schintschen"* in eine Neue umtauschen könne. Mit dem falschen Fuß ohnehin in die Koje und erst recht wieder hinaus gestiegen, erwiderte ich etwas vorlaut: „Ich begehe keine kriminellen Akte auf Befehl!" Der Bootsmann konnte sich meiner „juristisch korrekten" Meinung allerdings nicht anschließen. Er faßte meinen Spruch als Befehlsverweigerung auf und schwups, hatte ich meinen zweiten förmlichen Verweis weg, man sollte den Mund eben nicht zu voll nehmen. Nur gut, das ich nicht fünfundzwanzig Jahre früher so störrisch war, da hätte man mir sicher den förmlichen Verweis in Form einer Kugel verpaßt. Nach diesem „Pützaustausch-Schema" funktionierte auch unser Zeug- und Putzdienst. Z.B. ein Löchlein in einer Socke zu stopfen, war den meisten zu mühselig, was lag da also näher, diesen kleinen Durchguck so zu vergrößern, bis eine Faust hindurchpaßte. Den Stoffetzen dann in Neusocken umzutauschen war kein Problem und war wesentlich leichter als die mühsame Stopfaktion.

Der Krankenstand erhöhte sich in dieser Zeit merkwürdig, unser „Rausschmeißer" Charlie klagte plötzlich über unerklärliche Gehbeschwerden und humpelte zum Herzerweichen dahin. Wir waren fest überzeugt, daß er sich damit nur vor der Backschaft drücken wollte und ließen ihn das spüren, indem wir ihm nichts zu Essen holten. Etwas eingeschnappt humpelte er dann selbst mit seinem Tellerchen zur Kombüse. Beim Landgang allerdings, war mit seinem Bein offenbar alles wieder in Ordnung, seine mysteriösen Beschwerden wie weggeblasen, daher beließen wir es bei unserem „Essenmobbing". Nun, er sollte seine Talente später als Schauspieler noch gut nutzen können. So verdümpelten die letzten Wochen ohne besondere Ereignisse.

Ohne besondere Ereignisse? Nicht ganz!

Abschied ohne Tränen
Den letzten beißen die Hunde

Nach ausgedehnten Landgängen stellten wir am nächsten Tag oft fest: „Meine Güte was hast du gestern wieder für Geld verbraten". Das ging einige Zeit so, bis auffiel, das da etwas nicht mit rechten Dingen zugehen konnte. Im Allgemeinen blieben alle Spinde jederzeit offen, die Zivilklamotten wurden zum Landgang untereinander ausgeliehen, einzelne Uniformteile hatten im Lauf der Zeit sowieso nach und nach die Besitzer reihum gewechselt und so gab es kein Mißtrauen untereinander. Bis unser Wehrsoldschwund doch vielen merkwürdig vorkam. Kameradendiebstahl? Die Kripo wurde eingeschaltet. Sie wählte einen Vertrauenswürdigen aus (zu denen ich offenbar nicht gehörte), bestückte sein Portemonnaie mit präparierten Geldscheinen und legte sie verlockend leicht erreichbar in seinen Spind, dessen Tür wie üblich, offen blieb.

Spät abends, als jemand von Land zurückkam, bemerkte mein Kumpel Franz, dessen Koje schräg gegenüber des Lockspindes lag, wie sich jemand im schwachen Notbeleuchtungslicht an dem Spind zu schaffen machte. Nachdem Ruhe eingekehrt war, ging er zum Kommandanten im Unterdeck, weckte ihn und äußerte seinen Verdacht. Der Alte weckte den Verdächtigen und wer war's? Im aufgeregtestem schwäbisch hörte man: „Ha noi, ha noi, i worsch nete, dösch han i ga ni nedig, ha noi, ha noi!" Unser Urschwabe, der uns mit seinem Dialekt schon einmal über das BÜ (siehe oben Tender Main), beglückt hatte, beteuerte lautstark seine Unschuld. Seine frevelhafte Tat, die einige Zeit für schlechte und mißliche Stimmung unter der Besatzung gesorgt hatte, war nicht zu leugnen, seine geschwärzten Finger waren für jedermann der sichtbare Beweis. Umgehend wurde der Ertappte vom Kommandanten in eine leere *Portepee*-Kabine festgesetzt und schmorte dort einige Tage. Wenig später wurde er, nur einige Wochen vor seinem offiziellen Ausscheiden, unehrenhaft aus der Marine entlassen.

Weihnachten kam heran und Gefreiter B., ein Polleraffe zwar, war gelernter Koch. Er zauberte uns ein unvergeßliches schmackhaftes, mehrgängiges Weihnachtsmenü mit allem Drum und Dran. Nur gut, daß der richtige Smutje im Urlaub war und uns damit nicht das Fest versauen konnte.

Die Uniformen wurden abgegeben, sie brauchten wir nicht mit nach Haus zu nehmen. Einzelne fehlende oder doppelte Uniformteile wurden vorher noch schnell hin- und hergetauscht, somit brauchten wir fehlende Stücke nicht zu bezahlen. Nach diesem Muster wiederholte sich das Spielchen bis zur letzten Bootsbesatzung und zum letzten Mann, der damit theoretisch eigentlich gar nichts mehr gehabt haben dürfte, was er hätte zurückgeben können. Den letzten beißen die Hunde! Zu denen gehörten auch die armen Z-Säue (Freiwilligen), die oh Graus, noch 2 ½ lange Jahre vor sich hatten, um ihre 4 Jahre voll zu machen. Bei diesem Gedanken standen so manchem von ihnen bei unserem Abschied die Tränen in den Augen. Sogar unser Charlie zeigte als Freiwilliger Gefühlsregungen, welche seine physischen „Leiden" noch verschlimmerten. Wahrscheinlich übte er schon für seine spätere Schauspielerkarriere.

In diesem Zusammenhang möchte ich darauf bestehen, daß wir ihn als Schauspieler zuerst entdeckt hatten und anschließend erst der schillernde Regisseur Rainer Werner Fassbinder!

Wochen vorher hatten wir den Verbleibenden schon das Wasser in die Augen getrieben, indem wir morgens Seite pfeifend, jeweils einen Zentimeter vom Metermaß abschnitten, entsprechend unserer Resttage. In geliehenen Uniformen, zu kurz, zu lang, zu eng oder zu weit, standen wir unsere letzte Wache, wobei allein schon unser Anblick wohl jeden Feind abgeschreckt hätte. Meine Marinezeit endete nun, sicherlich zum Vorteil unserer Streitkräfte. Ich bezweifle, daß sie mit mir je einen Krieg gewonnen hätten.
Mit einer letzten militärischen Meldung verabschiedete ich mich:

„Obergefreiter zur See der Reserve, W-18 in Lauerstellung, ich melde mich aufgeklart und gelüftet!"...

„Tüüdelüüt...weggetreten!"

III. Kapitel

Die „Cap San Diego"
Pudding Oetkers Starschiffe

Einige Zeit zuvor hatte ich mich bei der HSDG, der Hamburg-Südamerikanischen- Dampfschiffahrts-Gesellschaft, Eggert & Amsink, beworben. Diese Reederei, die mit verschiedenen anderen Reedereien, wie z.B. der Nordamerikanischen Tochter „Columbus Linie", zu Rudolf August Oetker, dem Puddingkönig gehörte, hatte damals ca. 60 Schiffe laufen. Diese altehrwürdige „Hamburg-Süd" wurde 1955 von der Familie Oetker als alleiniger Inhaber übernommen. Durch den enormen Nachholbedarf nach dem Kriege platzte die Reederei um 1965 aus allen Nähten, so daß durch den Hausarchitekten Pirnau an der Ost-West-Straße ein großes neues Verwaltungsgebäude entstand. Später begab ich mich ab und zu ins Personalbüro und bestaunte ehrfurchtsvoll in der vornehmen Lobby die schönen Modelle berühmter Hamburg-Süd-Schiffe.

Seetauglichkeitsuntersuchungen und eine Reihe Impfungen, von Gelbfieber bis Paratyphus, mußte ich hinter mich bringen. Die Bestätigung des Hamburger Seemannsamtes, daß 15 Monate meiner Decksdienstzeit bei der Marine auf die Ausbildungszeit zum Matrosen angerechnet würden, hatte ich ebenfalls, somit konnte ich als *Jungmann*, also wie ein Lehrling im 2. Lehrjahr, beginnen. Zu Hause brauchte ich auch nicht lange auf ein Telegramm aus Hamburg zu warten: „Jungmann Mantow, morgen bis 18.00 Uhr in Hamburg, Schuppen 51a an Bord der Cap San Diego melden!" Von der HSDG und deren Schiffen wußte ich damals so gut wie nichts, und so fuhr ich denn aufgeregt und neugierig nach Hamburg und fand abends schließlich den Liegeplatz der „Cap San Diego". Bald darauf legten die Schlepper an und die Leinen wurden losgeworfen. Ich rannte an Deck herum wie „Falschgeld", hatte von „tuten und blasen" keine Ahnung, und kam mir ziemlich hilflos vor.

Meine ganzen Marineerfahrungen waren hier nichts wert. Zudem hatte ich außer einem Blaumann noch keine Arbeitsklamotten, der Rükken tat mir immer noch weh, überall stand ich im Wege herum und ich merkte, wie der Bootsmann mich schon mißtrauisch beäugte. Nachdem die Schlepper uns entlassen hatten, sollte es zunächst nach Rotterdam zum weiteren Beladen gehen. Vorher richtete ich mich noch in meiner Zweimann-Kammer ein, die ich mit einem anderen Jungmann teilte, und fiel bald todmüde in meine Koje.

Am nächsten Morgen machten wir alle Luken klar zum Beladen und bereiteten uns zum Einlaufen in Rotterdam vor. Vor lauter Geschäftigkeit und dem Bestreben, dem unangenehmen Bootsmann möglichst alles Recht zu machen, vergaß ich mich beim Rechnungsführer zu melden, wie dies üblicherweise bei Neuankömmlingen zu geschehen hatte. Der Funker, der auch den Rechnungsführer spielte, hatte mich schon fast abgeschrieben, wenn er nicht durch Zufall von mir gehört hätte. „Woher soll ich das denn wissen, wenn mir niemand etwas sagt?" Meine Ausrede machte keinen Eindruck und so handelte ich mir den ersten Rüffel ein.

In Rotterdam angekommen, deckte ich mich mit Arbeitszeug ein und war damit zumindest äußerlich nicht mehr von den anderen zu unterscheiden. Das Schiff wurde beladen mit Stückgut, d. h. alle Arten von Investitionsgütern wie Maschinen, Maschinenteile, Chemikalien usw.. Ich staunte, wie viel in die Luken hineinging, sogar eine ganze Elektrolokomotive verschwand in Luke zwei. So langsam gewöhnte ich mich an den Bordbetrieb, und bis auf den Bootsmann kam ich mit den anderen von der Besatzung gut zurecht. Aber als ehemaliger Mariner wurde ich auch von ihnen noch nicht ganz für voll genommen. Nach dem Auslaufen aus Rotterdam und Seeklar machen ging es weiter durch die Biskaya, vorbei an Cap Finister bis nach Las Palmas, wo wir *Bunkern* sollten. Langsam wurde es wärmer, meinem Rücken ging es schlagartig besser, meine Stimmung hob sich, mein Marinemakel war bald vergessen, und durch den Bordbetrieb stieg ich schon etwas besser durch. Nur dem unangenehmen Bootsmann ging ich lieber, soweit es möglich war, aus dem Wege.

Der andere Jungmann, mit dem ich mir die Kabine teilte, nervte mich durch seine Eigenart, bis spät in die Nacht hinein zu lesen. Nein, nicht Bildungshunger war der Grund, sondern eine Unmenge billigster Schund-Schmöker, gewissermaßen als Kaugummi für die Augen. Dazu trank er literweise ätzend starken Kaffee und brabbelte dabei ständig

HSDG Hamburg, MS „Cap San Diego"

Buenos Aires, Hafen

Außenbords malen am Darsena A

Die „Trossenknacker" vom Rio de la Plata

unverständliches vor sich hin. Merkwürdige Menschen gibt es.

Die Namen der meisten Oetker Schiffe fingen mit „*Cap*" an. Von den „*Cap San*"-Schiffen gab es 6 Schwesterschiffe, die alle nach südamerikanischen Kaps benannt waren. So die „Cap San Diego" nach dem südlichsten Festland-Kap in Feuerland, denn Cap Horn liegt auf einer Insel! Die Schiffe hießen: „*Cap San Nicolas*" (1961, verschrottet 1982), „*Cap San Marco*" (1961 - 1985), „*Cap San Lorenzo*" (1961 - 1982), „*Cap San Augustin*" (1961 - 1985), „*Cap San Antonio*" (1962 - 1986 in China) und die „*Cap San Diego*", gebaut 1961. 1985 wurde sie vor den Schneidbrennern in Singapur von der „Stiftung der Hamburger Admiralität" gerettet und ist in Hamburg als hervorragend restauriertes Museums- und Ausstellungsschiff heute noch zu sehen. Ja, sogar für größere Veranstaltungen kann man heute das komplette Schiff mieten. Luke drei, in der früher Äpfel aus Argentinien, Gemüse u. a. gefahren wurden, kann auch für große Disko-Abende genutzt werden.

Neben der „Rickmer Rickmers" war sie zum 800sten Hamburger Hafengeburtstag 1989 eine der Hauptattraktionen. Die Ankunft im Hamburger Hafen, den die „Cap San Diego" mit eigener Kraft erreichte, wurde zu einem volksfestartigen Ereignis.

Am 16.12.1961 war auf der Deutschen Werft in Finkenwerder, die es heute nicht mehr gibt, der Stapellauf der „Cap San Diego". Hierzu möchte ich anmerken, daß *Albert Ballin,* Reeder der HAPAG und 1912 Erbauer des berühmten Passagierschiffes „Vaterland" (größer und schneller als die „Titanic"!), auch ein indirekter Begründer der Deutschen Werft war. Eine Tante meiner Großmutter hieß *Marianne Rauert* und war mit *Albert Ballin* verheiratet, der sich nach Ende des 1. Weltkrieges aus Kummer über den Verlust seiner Traumschiffe und seines Lebenswerkes, erschoß. Noch heute erinnert der „Ballindamm" an Hamburgs berühmten Reeder.

Der Bug der „Cap San Diego" war für die Fahrt durch Eis besonders verstärkt. Ihr wurde die beste Klassifizierung des *Germanischen Lloyds* nach dem Klassenzeichen GL + 100 A4 E zugeteilt. Da die Höhe der Versicherung sich nach der Klassifizierung richtete, wurde der Erhaltungszustand des Schiffes durch regelmäßiges Anbohren des Rumpfes begutachtet und das Ergebnis jeweils angepaßt. Je abgetakelter also die Rostlaube, desto teurer die Versicherung. Das Schiff war 159,5m lang, 21,5m breit, die Höhe vom Kiel bis zum ersten Deck betrug 11,5m mit 8,5m Tiefgang, die Tragfähigkeit als Volldecker betrug 10.670 t bzw. 9.998 BRT. 20 *Knoten* betrug die Höchstgeschwindigkeit

Nach den ersten Reisen im März 1963 wurden neben der Luke zwei noch zwei „Kühltaschen" eingebaut, mit denen Tiefkühlladung bis -20° gefahren werden konnte. Seitdem bezeichnete sich unsere „Cap San Diego" als schnelles Kühl-Stückgutschiff, später auch romantisch umschrieben als „Weißer Schwan des Südatlantiks". Nicht zu Unrecht, denn mit seiner eleganten Form, weißem Anstrich, dem roten Peildeck und den als Abgaspfosten gestalteten Schornsteinen war es schon ein beeindruckendes, auffällig schönes Schiff und das Modernste, was es Anfang der 60er Jahre an Schiffen gab.

An Passagiereinrichtung gab es sehr gut ausgestattete Kabinen für zwölf Passagiere. Die Passagieranzahl war deshalb auf zwölf Passagiere begrenzt, da nach den Bestimmungen ab dreizehn Passieren ein teurer Schiffsarzt vorgeschrieben war, den man sich damit ersparte. Außerdem ist ein Frachtschiff schließlich kein Musikdampfer und der Platz natürlich begrenzt. Trotzdem befand sich zwischen den Bootsdecks sogar ein Swimmingpool, in dem sich auch die Besatzung gelegentlich erquicken durfte. Fünf Luken gab es, wovon eine bis auf +2° C für Gemüse- u. Obstladung heruntergekühlt werden konnte, weiter zwei seitliche Tiefkühlluken sowie sechs kleinere Süßöltanks. Siehe hierzu auch den Beitrag: *„Mit den Schätzen des Orients"*

Heute unvorstellbar, die Besatzung unserer Cap san Diego betrug zeitweilig über 50 Mann, bekanntlich verlieren sich auf 20 mal größeren Supertankern an die 15 Besatzungsmitglieder. So ändern sich die Zeiten!

Äquatortaufe spezial
Rostmaschinen und Seifenschaum

Während des *Bunkerns* in Las Palmas, für die Reederei war der Sprit dort billiger, deckten wir uns auf dem grauen Markt mit etlichen Kartons Bacardi-Rum ein, womit die Zubereitung von unserem Cuba Libre auf lange Zeit gesichert war. Daß gelegentlich eine Flasche mit reinem Spiritus gefüllt sein konnte, nahmen wir wegen des enormen Preisvorteils in Kauf. Man mußte eben nur beim Öffnen der Flasche erst einmal vorsichtig daran schnuppern, ehe man seine Cola damit mischte.

Jetzt ging es stetig mit dem *Passat* Richtung Südwesten, vorbei an der zu Portugal gehörenden Kapverdischen Inselgruppe, in Sichtweite die Insel Santo Antao von den Ilhas do Barlavento. Einst berüchtigt als Hauptumschlagsort für den Sklavenhandel. Zwei Tage später passierten wir gegen sieben Uhr morgens Ortszeit den Äquator. Die *Kalmen-Zonen*, auch *Roßbreiten*, bescherten uns zwar etwas diesiges, aber ansonsten sehr mildes, windstilles Wetter. *Roßbreiten* deshalb, da die Segelschiffe früher in den windstillen Zonen mitunter wochenlang in der Flaute festlagen und mitgeführte Pferde oftmals dabei verendeten.

Luft und Wasser lagen bei angenehmen 27° C, ca.1.750 Seemeilen hatten wir bis Santos in Brasilien nur noch vor uns. Täglich nach dem „Sonneschießen" wurden sogenannte *Etmal*-Karten am schwarzen Brett ausgehängt, woraus man die genaue Position, Windgeschwindigkeit, Temperatur und anderes ablesen konnte. Regelmäßig um Punkt 12.00 Uhr mittags Ortszeit nahmen zwei wachhabende Offiziere auf der Brückennock mit dem Sextanten die Position, bei etwaigen Abweichungen der beiden Messungen nahm man dann den Mittelwert. Der Sextant dient zum Messen von vertikalen und auch horizontalen Winkeln und gestattet ein Ablesen des gemessenen Winkels an seinem Gradbogen. Die gemessenen vollen Winkelgrade werden am Ablesestrich (Index), der *Alhidade*, und die Bogenminuten an der Trommel abgelesen und mittels nautischer Tabellen die Position bestimmt. Satellitennavigation war damals noch nicht üblich, und Leuchtfeuer zur Orientierung bzw. markante Landpunkte zur Kreuzpeilung waren nicht immer in der Nähe.

Für die Äquator-Zeremonie bat man „die Herren Neulinge" an Deck, oder anders ausgedrückt, alle Nichtgetauften bzw. auch diejenigen, die zwar bereits getauft, aber keinen Äquatortaufschein vorweisen konnten, wurden teilweise aus ihren Verstecken aufgestöbert und an Deck zusammengetrieben. Fünf verängstigte Gestalten, die ahnten, was ihnen blühte, pferchte man achtern in das Kabelgatt, ins sogenannte Judenloch, eine kleine Luke direkt über dem Ruder, in der Fender, Festmacher, Geitaue u.a. aufbewahrt wurden. Widerstand war zwecklos, die Übermacht war zu groß. Und so lagen die Unglücklichen, zwei Rüberrobber, zwei Junggrade und ein Matrose ohne Taufschein, mehr über- als nebeneinander auf Fendern und Tauen, wie die Heringe in einem finsteren, heißen, stickigen Loch. Die Sonne knallte gnadenlos auf das Deck, und um die Sache noch etwas abwechslungsreicher zu gestalten, fuhr man zur Erbauung der Außenstehenden mit zwei Rostmaschinen lautstark über den Köpfen der Gefangenen auf dem Deck herum.

Nach einiger Zeit waren die Delinquenten schön weichgekocht, mürbe und willenlos. Halb taub, nach Luft schnappend und durchgeschwitzt, zerrte man einen nach dem anderen aus dem Verlies, schleppte ihn mit jeweils einem Mann an jedem Henkel über das Achterdeck, den Niedergang zum *Palaverdeck* und weiter bis zum Swimmingpool am Bootsdeck hinauf. Dort wartete schon eine feixende Menschenmenge, bestehend aus Besatzung, Passagieren und dem „Gott des Meeres" mit seinem Anhang. Nun wurde der Täufling unter den gestrengen Augen Neptuns und seines Barbiers mit viel Schaum von oben bis unten eingeseift, um ihn so vom „unsäglichen Schmutz der Nordhalbkugel" zu befreien. Anschließend wurde der so Vorgereinigte im Swimmingpool getauft, d.h. solange untergetunkt, bis eine „leichte Verfärbung" eintrat. Diese Prozedur wurde mehrfach wiederholt, bis das Taufgeld als Ablösesumme in Form von Bier und Hochprozentigem den Vorstellungen des Herrschers aller Meere und seines Gefolges entsprach.

Die anschließende gründliche Untersuchung durch den „Arzt" Neptuns, der alle möglichen exotischen Krankheiten prognostizierte und durch undefinierbare „Spezialgetränke" umgehend kurierte, erlöste den frisch Getauften von seinen Übeln. Durch den Schreiber erhielt er dann unter feierlicher Ansprache endlich seinen Taufschein, den er hinfort immer bei sich tragen sollte, um den Zorn Neptuns und eine Wiederholungstaufe zu vermeiden. Darin wurde bestätigt:

WIR NEPTUN
Gott des Fließenden und Strömenden, Herrscher über alle Meere und alles, was darinnen und daroben schwimmt, geruhen, die unter unseren allergnädigsten Augen an Bord des 'MS CAP SAN DIEGO' vollzogenen Äquatorüberquerung dem ... (Name, Dienstgrad) zu bestätigen".
Zelebriert im Jahre des Heils ... am ... Tage des ... Monats Unterschriften: ... , ... Kapitän und Neptun.

Für „Taufablösewasser" war gesorgt und die Passagiere hatten Gesprächsstoff, etwas fürs Fotoalbum und genossen ein mehrgängiges Äquatordinner. Die Taufe der Passagiere war natürlich wesentlich moderater, vmtl. waren sie nicht so mit Nordhalbkugel-Dreck behaftet. Meinen Taufschein hatte ich in Zukunft immer dabei, abgeschreckt war ich genug.

Auf späteren Reisen der „Cap San Diego" schliefen die Äquatortaufen allmählich ganz ein, denn Zeit war auch schon damals Geld. In früheren Zeiten, waren die Äquatortaufen manchmal nicht so harmlos, beim „lustigen Kielholen" u. a. sind schon einige zu Tode gekommen. Bald kam die brasilianische Insel Fernando de Noronha in Sicht und unter Begleitung der vor dem Bug hin und quer springenden Delphine vorbei an Pernambuco Recive, entlang der südamerikanischen Ostküste, bis die Bucht von Santos vor uns lag.

Anmerkung des Verfassers:
Sollte die obige Darstellung den Eindruck der Gefahr „für Leib und Leben" unserer Äquatortäuflinge erweckt haben, war dies natürlich nicht der Fall!

Dirndlkleid und Hamburgo-Bar
Samba und geplatzte Nähte

Mittags kam Santos in Sicht, wir gingen vor Reede, warfen Anker, machten das Schiff klar zum Einlaufen und die Luken klar zum Entladen. Die *Blöcke* wurden angeschlagen, die Ladebäume getopt, *Jakobsleitern* für den Lotsen und die Luken wurden bereitgelegt. Die *Sonnenbrenner* für die Luken und die Festmacher wurden hervorgeholt, es gab also einiges zu tun, bevor die Schauerleute loslegen konnten.

Zum Abend war, wie üblich vor dem Einlaufen in den ersten Hafen, ein „Asado" (Grillfest) an Deck vorgesehen. Auch hierfür waren noch einige Vorbereitungen zu treffen. Der III. Ingenieur, ein wohlbeleibter Argentinier, war eigentlich ein verhinderter Koch, er bereitete den Salat, indem er in einer riesigen Waschwanne mit seinen dicken Wurstfingern im Gemüse herumrührte. Aus der Tiefkühlluke wurden Steaks und andere Leckereien hervorgeholt, die der III. Ing. auf dem Grill mit Inbrunst würzte, drehte, wendete und, vor allem, kostete. Die Passagiere und Offiziere wurden derweil zum Kapitänsdinner in den Salon geladen. Die übrige Mannschaft, außer Koch, Chefsteward und Wache, die Dienst hatten, versammelte sich am Grill, Becks Bier und „Cuba Libre" floßen in Strömen und mit sehnsüchtigem Blick auf die noch fernen Lichter von Santos wurde Seemannsgarn gesponnen. Von der Stammpiesel „Hamburgo Bar" wurde erzählt, von den Brasi-Dockschwalben und deren „Qualitäten". Wo wir wohl anlegen mochten, hoffentlich am Anfang, in der Nähe der „Hamburgo Bar"? Santos hatte angeblich die längste durchgehende Pier der Welt, so wie viele Häfen irgendwelche Rekorde für sich in Anspruch nahmen. Hamburg angebl. die meisten Liegeplätze, Rotterdam damals der größte Hafen überhaupt, Rio und Sydney die schönsten usw.. Heute gilt zweifellos Hongkong als der größte Hafen der Welt, 2001 wurden hier ca. 18 Millionen Container umgeschlagen. Hamburg schlägt zum Vergleich ca. 8 Mio. Tonnen um.

Vom Matrosen Hans und dem Langen (die Namen habe ich vergessen) wurde zum wiederholten Male versucht, Matrose Richard zum Landgang zu überreden, er lenkte ab nach der Devise: „Was soll ich an

Land, ich kann es von Bord aus sehen". Grundsätzlich wollte Richard aus irgendeinem Grund nicht mehr an Land, war es das Geld oder ein anderes traumatisches Erlebnis auf zwei Beinen mit langen Haaren?

Am nächsten Morgen hieß es: „Klar vorn und achtern!", Schlepper kamen und wir legten, gottlob, ziemlich weit vorn, in der Nähe der „Hamburgo Bar" an. Hatten wir weit hinten den Liegeplatz, mußten wir entweder mit der uralten hölzernen Tram-Bahn eine Strecke fahren, oder nachts, nicht ungefährlich, sehr weit laufen. Sehr heiß, sehr schwül war es, und der Schweiß lief uns bei der Arbeit in Strömen herunter, alle halbe Stunde mußte ich in den Waschraum zum Abkühlen. Um so mehr wurde der Feierabend und die „Hamburgo Bar" herbeigesehnt, um sich zu erfrischen. Der kleine Matrose Hans traf Landgangsvorbereitungen für seine Stamm-Amiga an Land, die ihn sicher schon erwartete. Als besonderes Präsent hatte er dieses Mal ein wunderhübsches Dirndlkleidchen vorgesehen, aber wie an Land bringen, ohne sich vom Zoll unangenehme Fragen anhören zu müssen? Trotz schwüler Wärme zog er es unter seine Landgangsklamotten und kam damit auch unbehelligt durch den Zoll.

Die Freude in der „Hamburgo Bar" war groß, allgemeine Umarmungen, Begrüßungsumtrunks gab es, alte Bekanntschaften wurden aufgefrischt, neue geschlossen. Auf den Tischen und Tresen wurde bald „Samba" getanzt und der Wirt tanzte mit, wir fühlten und benahmen uns wie große Kinder, entsprechend der Brasi-Mentalität. Hans schälte sich aus dem Dirndl und übergab es seiner Amiga, Tränen der Freude wurden vergossen wegen dieses einmaligen Regalos (Geschenk), trotz einiger geplatzter Nähte und Schweißflecken. Hans hatte die nächsten Tage einen seltsam verklärten Blick, war kaum ansprechbar und sah etwas mitgenommen aus. Ich als Neuling wurde sogleich ebenfalls „assimiliert" für den Rest unserer Liegezeit.

Auch des Landgangverweigerers Richard Ex-Freundin Angela, eine rassige schwarze Ur-Brasi, trafen wir an und versuchten, sie wieder auf ihn anzusetzen und vorzubereiten. Am nächsten Tag konnte auch Richard unseren Erzählungen und vor allem „Anschelas" Verlockungen nicht widerstehen, er ging tatsächlich einmal an Land, und wir freuten uns, ein gutes Werk vollbracht zu haben. Immerhin hatten wir für die Regulierung von Richardts Hormonspiegel gesorgt und damit auch Angelas Familienbudget etwas aufgebessert. Auf der südgehenden Tour wurde das Schiff in den einzelnen Häfen entladen, die wir nordgehend zum Beladen meist zum zweiten Mal anliefen, deshalb war der Abschied aus Santos nur für einige Wochen. Damals waren die Liegezeiten noch relativ lange, Container waren noch nicht üblich, dementsprechend war das Beladen eines Schiffes mit Stückgut recht aufwendig und zeitraubend.

1956 bereits wurden die ersten genormten Container von dem amerikanischen Fuhrunternehmer Malcolm Mc Lean erfunden. Die Container kamen verstärkt bei der US-Army im Vietnamkrieg zum Einsatz, womit die Transportkosten drastisch gesenkt werden konnten. Sie bewirkten somit einen gewaltigen Umbruch für die gesamte Schiffahrt, deren Auswirkungen damals nur wenige vorausahnten.

Der nächste Hafen war Rio, wo wir im Gegensatz zu früheren Reisen nur einen Tag verbrachten. Hier stiegen nur einige Passagiere und *Rüberrobber* aus, einige Neupassagiere wurden übernommen und ein wenig Ladung wurde über Schuten eingeladen. Rio de Janeiro wird nicht umsonst als schönste Stadt der Welt bezeichnet. Der Páo de Azucar (Zuckerhut) und der Corcovadu mit der Christusstatue (Lukenfiez) sind jedermann bekannt. Lukenfiez deshalb, weil der Lukeneinweiser beim Laden mit ausgebreiteten Armen das Kommando „fier weg" signalisiert, ganz so wie die Christusfigur. Kaum jemand kennt den vollen Namen Rios: „Sáo Sebastiáo do Rio de Janeiro", „Heiliger Sebastian vom Fluß des Januars", ich glaube, wir bleiben lieber bei Rio!

Buenos Aires, „Gute Lüfte" nannten wir „Baires", Montevideo, „Bergessicht", Kurzform „Monte". Seeleute sind halt etwas maulfaul, zumindest im nüchternen Zustand!

Sirtaki und Black Gangs
„Todo declarado"

Montevideo war das nächste Ziel. Wunderschön in der Mündung des Rio de la Plata gelegen, konnten wir unseren Landgang nicht erwarten. In unmittelbarer Hafennähe lagen eine Menge Kneipen, wovon sehr viele griechische Betreiber hatten. Viele griechische Einwanderer sind in Uruguay gelandet und betreiben das, was sie offenbar auch in Deutschland am besten verstanden, eine Kneipe und/oder ein Restaurant. In so einer Kneipe landeten Hans, der Lange, ich und noch ein paar andere von unserer Crew. Nach kurzer Zeit war ich beschäftigt und nicht mehr ansprechbar, wie das nun einmal so ist mit „Schmetterlingen und Blümchen" und so. Wir belegten die Tanzfläche, wobei der Lange mit dem kleinen Hans einen Original Sirtaki hinlegte, wie ihn die Griechen nicht hätten besser tanzen können. Zu Buzuki-Klängen drehte sich Hans graziös unter dem vom Langen gehaltenen Taschentuchzipfel und erntete stürmischen Beifall von allen, auch aus Nachbarpinten herbeigeeilten Mädchen. „Hans y el largo" waren ja so „mucho sympático" und hatten die ganze Nacht alle Wünsche frei! Spät abends gab es noch Kontrollen von einer Polizeistreife, doch ehe die Streife hereinkam, wurde vorgewarnt und etliche Mädchen, so auch meine, verschwanden schlagartig u. a. hinter dem Tresen und in Schränken. Nachdem die Zweimann-Streife ein Bier getrunken hatte und wieder verschwunden war, tauchten alle Mädchen nach und nach wieder auf, den Grund haben sie uns nicht verraten, ob sie vielleicht noch nicht volljährig waren? Mit 21 Jahren, wie in Deutschland, war man damals auch in Uruguay erst volljährig und in manchen Ländern verstand man in dieser Hinsicht damals keinen Spaß.

Sehr angenehm war der Spaziergang am anderen Morgen bei Sonnenaufgang mit meiner Begleitung zum Hafen hinunter. Wenngleich ziemlich übermüdet, bei etwas erhöhtem Hormonspiegel, lauen Lüftchen und der Kulisse Montevideos, kam sie durch die Seefahrtsromantik. Was für ein schönes Schiff war die „Cap San Diego", „weißer Schwan des Südatlantiks" nannte man sie, zwar ein wenig schmalzig, aber genau die treffende Bezeichnung. Hier bestätigte sich das Klischee von der heilen Welt der Seefahrt: „In jedem Hafen ein Mädchen, Liebe zum Schiff" usw.. Den schlammfarbenen Rio de la Plata (Silberfluß) ging es später hinauf nach Buenos Aires. Wegen der reichen Silbervorkommen ist auch Argentinien selbst nach dem Element „Argentum" (Silber) benannt. Draußen wurden wir von den Schleppern in Empfang genommen, die als Trossenknacker verschrien waren. Sie hatten es sich offenbar zur Lebensaufgabe gemacht, mit ihren geballten PS möglichst so an unseren Leinen zu reißen, daß sie knackten. Nicht ungefährlich, wenn so eine Leine oder Draht mit peitschenartigen Knall uns um die Ohren schlug. Deshalb hatten wir vorsorglich besondere Trossenvorläufer aus dickerem Manilahanf-Tauwerk an das Auge des Schleppdrahtes geschäkelt. Wenn also eine Leine brach, dann zuerst der Vorläufer, zum Ärger der Schlepperraudis.

Die Skyline von Buenos Aires war damals noch geprägt von wenigen bescheidenen Hochhäusern, von denen die höchsten das „Plaza Hotel" und das „Edificio Kavaagh" waren. Ohne Leinenverlust nahmen wir in „La Boca", dem Hafenviertel bei Darsena A, in der Nähe der „Libertad" des Argentinischen Segelschulschiffes, unseren Liegeplatz. Noch ehe die Leinen rübergegeben und die Gangway übergesetzt war, sahen wir etwas uns bedrohendes, ein Suchtrupp der „Black Gang" (Zollfahndung) wollte uns mit seinem Besuch beglücken. Jeder von uns, der mit einer Kleinigkeit seinen Landgangsetat etwas aufbessern wollte, versuchte in letzter Sekunde ein passendes Versteck zu finden. Zollfrei eingekaufte Zigarettenstangen verschwanden in Lüftungsschächten, billige, noch verpackte Perlonhemden wurden hektisch ausgepackt und auf verschiedene Leute verteilt. Ein weiteres, noch verpacktes Dirndlkleid von Hans, womit er dankbare Erfahrungen gemacht hatte, verschwand in der Schmutzwäsche der Wäscherei bei Max dem Cheini. Alle chinesischen Wäscher hießen bei der HSDG *Max*, beim Nordd. Llloyd jedoch *Fritz* bzw. „Flitz!"

Unter schärfster Beobachtung seitens der Besatzung, damit ja nichts abhanden kommen konnte, denn den Kerlen war nicht zu trauen, begann die „Black Gang" mit ihrer Arbeit. Sämtliche Spinde, Schubladen wurden systematisch durchwühlt und ein heilloses Chaos hinterlassen. Anschließend, nach erfolgloser Suche, wurde mit Kreide an die Kammertür ein o.k., als „todo declarado", angemalt und damit das Ende der Aktion signalisiert. Wehe jedoch, wenn ein Sünder erwischt wurde, was ich noch nie erleben mußte, das Strafgericht des Alten, sich „wegen soviel Dämlichkeit" erwischen zu lassen, war schlimmer als das Bußgeld und der Verlust des Schmuggelgutes!

In Rio gab es einmal einen japanischen Frachter, der wegen Rauschgiftschmuggels an die Kette gelegt worden war, da man im Großmast das Schmuggelgut durch eine Spiegelung entdeckt hatte. Aber solche schlimmen Geschichten gab es bei uns nicht. Nach Ende der Durchsuchung holten wir unsere Waren wieder aus den Verstecken, denn die „Black Gang" war nach der Aktion selbst ein dankbarer Abnehmer zu reellen Preisen. In Deutschland sind die „Black Gangs", offiziell „Schiffsdurchsuchungstrupp" genannt, meist selbst ehemalige Seeleute, wesentlich effektiver und nicht so korrupt. Dort werden sie etwa bei jedem zweiten Schiff fündig, trotz der unglaublich vielen Verstecke, die es auf einem Schiff gibt. Der Name „Black Gang" stammt übrigens von den Engländern, wo die Suchtrupps schwarze Overalls tragen. Viele Schiffe unter den sogenannten Billigflaggen, dazu gehören Panama, Liberia, einige Mittelmeerländer und Asiaten, fahren Crews aus aller Herren Länder. Diese Seeleute haben zumeist eine sehr kleine Heuer, keine Ausbildung, keine soziale Absicherung und können ein paar Dollar extra gut gebrauchen. Hinzu kommt das Gefühl, daß ein bißchen Schmuggeln einfach zum Seemannsleben dazugehört. Auch Kapitäne sollen nicht immun dagegen sein.

Unsere „Waren" boten wir auch den Schauerleuten feil und besserten unsere damals noch schmale Heuer zum Landgang etwas auf. Begehrt waren unsere billigen Perlonhemden, Zigaretten u.a., alles im kleinen Stil, reich ist niemand davon geworden. Sogar Abfallrohkaffeebohnen, Restschlabber - Flüssiglatex ließen sich noch in Barmittel verwandeln. (Siehe hierzu: *„Cafe do Brasil ..."*)

Kaljaubröten und Überstunden

Auch in Buenos Aires hatten wir natürlich eine Stammpisel, die „New Texas Bar". In einer der Querstraßen zur Avenida de 25 de Mayo befanden sich die einschlägigen Lokalitäten, wo die Damen sittsam an den Tischen saßen und darauf warteten, von den Herren angesprochen zu werden. Bloß nicht auffallen hieß die Devise, denn Argentinien war damals ein Polizeistaat, dazu stark unter katholischem Einfluß. Mitunter eine brisante Mischung. Ohne Landgangsausweis, ein voluminöses Exemplar mit sämtlichen Fingerabdrücken und Angaben zu den Familienverhältnissen u. a., ließ man sich besser nicht erwischen. Alles und jedes war unter „Kontrolle". Im Gegensatz zu heute, wo man sogar befürchten muß, mitten in Buenos Aires von Taxifahrern ausgeraubt zu werden!

Trotz allem konnte es unangenehmer als in Rio werden. Ich mußte einmal erleben, wie ein deutscher Matrose, nur weil er etwas trunken sein müdes Haupt auf den Tresen gelegt hatte und vor sich hinschnarchte, bei einer „Razzia" in der Bar von Polizeikräften abgeschleppt wurde. Wenn er Pech hatte, konnte er vergessen in einer Massenzelle das Auslaufen seines Schiffes verpassen (*achteraussegeln*), und niemand an Bord wußte je, was mit ihm geschehen war. Vorsicht war also angebracht. Wenn eine „Dame zum Hausbesuch bat", fuhr sie allein mit dem Taxi zu ihrer Wirkungsstätte und der Herrenbesuch diskret in einem anderen Taxi auf verschlungenen Pfaden hinterher. Auch andere gesundheitliche Gefahren drohten durch das repressive System. Da sich die Damen bei diversen Infektionen nicht trauten, zum Arzt zu gehen, versorgten sie sich auf dem grauen Markt mit Penicillin und behandelten sich nach Gutdünken damit selber. Das Resultat waren äußerst resistente Erreger bei allen Arten von Geschlechtskrankheiten, die dann Antibiotika gewissermaßen schon zum Überleben brauchten wie der Süchtige den Stoff. Wer dies alles berücksichtigte, konnte auch in Buenos Aires einige angenehme Tage verleben.

Die zwangsläufig vielen Überstunden waren auch damals schon der Reederei ein Dorn im Auge, und wir mit unseren allmorgendlichen frischen Brötchen mußten als erste Rationalisierungs-Versuchskaninchen herhalten. Der Bäcker stand natürlich früher auf, um für uns frische Brötchen zu kneten und zu backen. Ich glaube, der I. Offizier war es, der auf die tolle Idee kam, man könne den Teig doch auch in eine Form geben, viereckig schneiden und dann backen, das spart doch glatt eine Überstunde am Tag ein. Das Ergebnis waren die sogenannten „Kaljau-Brötchen", viereckige unansehnliche, nach Zwieback schmeckende Dinger. Die anschließende, an Meuterei grenzende Protestwelle, veranlaßte die sofortige Wiedereinführung der gewohnten Rundstücke womit der Bordfrieden wiederhergestellt war. Nun ja, ein paar Stunden mußten wir schon noch die hie und da an den Schotten und Decks klebenden Kaljaubrötchenreste abkratzen. Wem kommt das nicht bekannt vor? Auch heute macht man immer noch die gleichen Fehler, man hört nicht auf die Leute, die die Brötchen schließlich essen müssen! Schlechte Erfahrungen sind schließlich auch das, was man sich durch Überlegung, Beobachtung und ein wenig gesunden Menschenverstand, hätte ersparen können!

In der Kombüse übten sich in der Kochkunst ein Bäcker, ein Schlachter und ein „Chefkoch", der sich offenbar zu etwas höherem berufen fühlte, und außer für unser Essen auch für die Menüs der Passagiere und Schiffsführung zuständig war. Im nüchternen Zustand war er an sich ganz umgänglich, aber das kam nicht allzu häufig vor. Einmal habe ich ihn bittere Tränen weinen sehen, als die Meisterwerke seiner Kochkunst von uns verschmäht wurden. Bratwurst mit Sauerkraut gab es eines Tages. Doch die Kombüse hatte etwas gemacht, daß man nie machen sollte, sie hatten früher übriggebliebene Bratwürste wieder eingefroren und uns nun serviert. Alles hatte einen Stich, niemand hat auch nur einen Bissen runter bekommen, dafür hat jeder sein Essen dem Koch vor seine Kombüsentür gekippt, bis die Tür nicht mehr aufging. Richtig bitterlich geweint hat der Koch angesichts des voluminösen, dampfenden Matschberges, garniert mit den Gammelwürstchen.

Doch zurück zu unserer „New Texas Bar": Dort unterhielten wir uns angeregt und bestellten etliche „Ladydrinks", denn davon profitierten diese Damen, da sie vom Bar-Inhaber einen gewissen Anteil erhielten. Nach einem längeren Zeitraum hatte ich wohl etwas den Überblick über die Anzahl der „Damengedecke" zugunsten von „Schneewittchen", wie meine Bordkollegen meine Neubekanntschaft zu nennen pflegten, verloren. Die Endabrechnung machte mich schlagartig wieder nüchtern. Umgerechnet 80,00 DM sollte ich bezahlen, eine ungeheure Summe für damalige Zeiten und eine nicht vorhergesehene Ausgabe, 50,00 DM hatte ich noch. „Schneewittchen" übernahm meine Restrechnung im Vertrauen, daß ich mich nicht davonmachen würde. Zwei Tage mußte ich sie allerdings schmoren lassen, da ich am nächsten Tag bzw. nachts Lukenwache hatte. Auf Lukenwache hatte man die Aufgabe, z. B. auf Baumwollballen sitzend aufzupassen, daß niemand von den Schauerleuten in die Ecken pinkelte, Exkremente verstreute oder Kisten und Kartons ausräumte. Der häufigste Spruch war: „Prohibido fumar hombre!" Denn das Rauchen in der Luke war natürlich sehr gefährlich.

Es fehlte mir noch an Erfahrung sowie diplomatischem Geschick und hatte damals auch ein etwas zu schnelles, unbedachtes Mundwerk. So kam es, daß ich einem kräftigen Mestizen, der in der Luke rauchte, etwas zu sehr auf die Zehen trat. „Che hombre, no fuma, entonces voy al supercargo"! Er verstand mein holperiges Spanisch und zitterte vor Wut von einem Jüngelchen, wie mich, so unhöflich angeranzt zu werden. Ich hatte seinen Stolz verletzt, besonders durch meine Drohung, ihn bei seinem Lademeister zu verpetzen, denn davon hing seine Existenz ab. Gedankenlosigkeit und Arroganz im Umgang mit den Einheimischen war bei anschließendem Landgang sicher ein Spiel mit dem Feuer.

Damit die Besatzungsmitglieder sich nicht bei „unvorhergesehen Ausgaben" übernahmen, zahlte der ReFü-Funker nur bis zu 75 % der Heuer in verschiedenen Währungen, meist in Dollar, aus. Die Einheimischen-Währungen, *Kujampels* genannt, waren weniger begehrt. Der Rest wurde dann erst bei der Endabrechnung mit Überstunden, Urlaubsanspruch und Seesonntagen im Heimathafen ausgezahlt, so daß man sich wenigstens nicht vollends ruinieren konnte. Praktisch war für uns mitunter der laufende Verfall der brasilianischen Währung, des damaligen Cruzeiros. Nach ein paar Wochen kehrten wir von Buenos Aires kommend wieder zurück nach Santos und die „Brasi-Kujampels" waren zwischenzeitlich um ¼ entwertet, wofür es gleichfalls nun mehr Dollars gab. Die Bierpreise waren aber noch dieselben wie früher, entsprechend mehr waren wir dann auch abgefüllt, „um den Währungsverlust auszugleichen".

Es gab in Buenos Aires sogar öffentliche, von der Kirche gesponserte „Tanzstätten", wo nur ausgesuchte, unbescholtene, katholische Mädchen auf ebensolche Jungherren warteten. Wie in einer Tanzschule saß man sich, getrennt nach Geschlechtern, in einem mit Spiegeln bestückten, ungemütlichen Saal gegenüber. Nach vorher gekauften Tanzkarten konnte man dann seine Auserwählte artig nach Tonbandklängen klassischer Tanzmusik im Kreise drehen. Einmal habe ich das mitgemacht, aber es entsprach doch nicht so ganz unseren Vorstellungen von diversen Landgangsvergnügungen.

Denselben Weg mit den gleichen Häfen ging es zum Beladen, wieder nordwärts, doch von der Ladung erzähle ich später. Nach einer ruhigen Überfahrt liefen wir Rotterdam zum Entladen wieder an.

Bald ging es auf der Elbe vorbei am „Willkomm-Höft" in Wedel mit dem üblichen lautstarken Begrüßungsritual. Nach anschließender Restentladung in Hamburg endete dann nach ca. 2 1/2 Monaten wieder eine Reise der „Cap San Diego", und der ganze Törn ging in dem oben beschriebenen Stil wieder von vorne los.

Einige von der Schiffsführung wurden schon in Rotterdam zum Urlaubsantritt abgelöst, der Rest der Mannschaft blieb entweder an Bord oder machte während der Liegezeiten in Hamburg und auch ab Rotterdam, in ihren Heimatorten Urlaub, währenddessen fremde Leute an Bord Urlaubsvertretung machten. Nach ihrem Urlaub hatte die Stammbesatzung dann alle Hände voll zu tun, um das beim Beladen entstandene Chaos an Bord wieder in Ordnung zu bringen.

Seebauern und Seekühe
Asado und Pferdekuß

Aus dem Urlaub zurück, erholt und bereit zur nächsten Reise, wunderte ich mich über die Bretterbuden, die beidseitig auf dem gesamten Achterdeck aufgebaut waren. Ställe sollten es werden, hörte ich, sorgfältig gezimmert und seefest *verschalkt* warteten sie nur noch auf ihre Stallbesetzer. Die Hafenkräne kamen in Aktion und hievten Kühe, mit angstvoll aufgerissenen Augen und kläglich muhend, mit einer Netzbrook unter dem Bauch und freistrampelnden Beinen an Bord. Dann wurden die verängstigten und störrischen Tiere in die Ställe geschoben und mit Futter abgelenkt. 24 Kühe und Bullen als Zuchtvieh sowie zwei anscheinend sehr wertvolle Zuchtpferde wurden nach und nach in die Ställe bugsiert und festgebändselt. In Luke vier verschwanden viele Heuballen und etliche Säcke mit Kraftfutter oder ähnlichem.

Für das wertvolle Zuchtvieh fuhr extra ein Tierpfleger bis Buenos Aires mit, wofür die Tiere bestimmt waren. Trotz alledem blieb für die Decksbesatzung noch genug Arbeit übrig, vorn wurden die Viecher mit dem Heu aus Luke vier gefüttert und achtern der Mist über die Kante geschaufelt. Da mehrere Tiere trächtig waren, blieb es während der ca. vierwöchigen Überfahrt bis Buenos Aires mit Zwischenstationen in Pernambuco-Recive, Rio, Santos u. a. nicht aus, daß der Tierpfleger und wir, bei drei Kälbern Geburtshelfer spielen mußten. Die freudigen Ereignisse wurden unterstützt, indem wir die zuerst sichtbaren Vorderbeine der Kälber mittels *Webleinenstek* so in die Länge zogen, bis ihnen nichts anderes mehr übrig blieb, als das Licht der Welt zu erblicken. Bis auf eines kamen die Kälber gesund zur Welt. Das eine Kalb, das nicht lebensfähig war, starb kurze Zeit nach der Geburt.

Wir waren mit unserer Geburtshilfe aber nicht Schuld, wie uns der Tierpfleger ausdrücklich versicherte. Die sterblichen Überreste samt Geburtsrückständen wurden über die Kante geworfen, wo die wegen der Abfälle aus der Kombüse uns begleitenden Haie den Festschmaus sichtlich genossen. Ein besonderes Problem ergab sich daraus, daß die Tiere, insbesondere die beiden Pferde, ab und zu bewegt werden mußten, vmtl. damit sie keinen Rost ansetzten. Bei den Kuhbullen, oder wie sie heißen, war das sehr einfach, sie wurden an ihrem Nasenring gezogen und ließen sich so „willig" schnaubend ein wenig an Oberdeck hin- und her führen. Die Kühe waren schon sturer, denn sie hatten keinen Nasenring. Die bockigen Kälber ließen sich überhaupt nicht freiwillig hin und her zerren, es sei denn, zwei Mann, vier Ecken, . . . sie wurden getragen.

Die Pferde aber waren ein echtes Problem. Sie ließen sich mit viel Geduld zwar auf dem Achterdeck herumführen, sofern die See nicht zu bewegt war, nur hatten sie die Eigenart, nach dem Spaziergang nicht wieder in die Ställe hinein zu wollen. Weder schieben, ziehen, locken mit Möhren und anderem, war hilfreich, sie hatten ihren Dickschädel und blieben wie festgenagelt vor den Ställen stehen und sperrten sich mit allen Hufen. In der prallen Sonne konnten wir sie nicht stehen lassen, also bauten wir die Pferdeställe ab... und dort herum, wo die störrischen Gäule standen, wieder auf. Damit haben sie nicht gerechnet, ha!

Von einer Reise wurde berichtet, daß einige Matrosen, um ihren despotischen Kapitän zu ärgern, eine Zuchtkuh auf das Bootsdeck transportiert hatten, was bestimmt sehr schwierig gewesen sein mußte. Ich kann mir nicht vorstellen, daß sie so ein schweres, störrisches Tier drei Niedergänge hochgeschoben haben sollen. Bestimmt hatten sie einen Ladebaum aktiviert und damit das Vieh angeliftet. Vor der Kapitänskajüte wurde die Kuh angebunden. Der Alte hat getobt, aber natürlich hatte niemand von der Besatzung etwas gesehen oder gehört.

Nach dem üblichen Bunkern in Las Palmas, sorgten wir auch für unseren persönlichen Sprit-Nachschub in Form von etlichen Bacardi-Kisten. Die Marke Bacardi-Rum, ursprünglich aus Kuba stammend, emigrierte nach Fidel Castros Sieg über den Diktator Batista auf die Bahamas und heißt seitdem in Kuba „Habana-Club". Beide, quasi identisch, gelten als Nobelgetränke und müssen von 73 Volumenprozenten Alkoholgehalt auf 50% „Trinkstärke" verdünnt werden. Dieses Edelgesöff hat kaum mehr etwas mit dem kratzigen Zuckerrohrfusel zu tun, der früher den Matrosen als tägliche Rumration zustand. Von diesem Zeug hieß es: „Es kann dir nicht die Leber zerfressen, weil es vorher das Hirn zerfrißt"!

Von Brasiliens Nationalgetränk „Cachaca", der Zuckerrohrschnaps mit bis zu 48 Prozent Akoholanteil, hatten wir natürlich auch gekostet. Er wird aus dem Saft des grünen Zuckerrohrs gebrannt, Rum dagegen zumeist aus der Melasse, daher auch die braune Färbung. Doch beide Sorten verursachten zunächst eine rote und am nächsten Tag mehr eine blasse Färbung im Gesicht.

Wir hatten eine ruhige Atlantiküberquerung. Vor der Außenreede von Santos, in Sicht der verlockenden Lichter, wurde erneut das schöne Asado-Grillfest an Oberdeck durchgeführt, worauf wir uns die ganze Überfahrt schon gefreut hatten. Becks Bier und Bacardi flossen reichlich. Der dicke 3. *Chief* rührte wieder mit seinen Wurstefingern im Salat herum, rundum wieder ein gelungenes Fest. Ausgerechnet jetzt fiel dem schon etwas angeschossenen Bootsmann ein, daß die Pferde unter Bewegungsmangel leiden könnten. Und da ein Seemann nun einmal kein Cowboy, ein Pferd ein gefährliches Tier ist, das nach allen vier Seiten steil abfällt und dem Seemann nach dem Leben trachtet, kam was kommen mußte. Im Dunkeln aus Richtung Heck hörte man einen Schrei, einen Fluch, ein Wiehern, ein Trappeln und der ernüchterte Bootsmann tauchte mit einer durch einen „Pferdekuß" lädierten Hand wieder auf und rief den „Rüberrobberarzt" auf den Plan. Das Pferd fingen wir wieder ein, beruhigten es, ehe es über die Kante springen konnte, und bekamen es bald wieder in den Griff, den Bootsmann hingegen so richtig nie, wie ich noch erzählen werde.

In Buenos Aires angekommen gab es „großen Bahnhof". Die Schiffsführung in Gala gewandet, empfing Argentinische Fleischbarone sowie Honoratioren aus Politik und Wirtschaft, einige davon sogar mit Colt bewaffnet, den sie lässig neben ihren Ehrenschärpen zur Schau trugen. Auch uns hielt man an, etwas weniger schlampig herumzulaufen. Chefsteward Heins mit seinen Meßbüttel-Helfern war voll gefordert und servierte Meisterwerke unseres Starkochs. Von den Resten durften wir immerhin auch mal kosten.

Die Ankunft von Zuchtfleckvieh aus Alemania war offenbar ein besonderes Ereignis, wie folgender Ausschnitt aus einer deutschsprachigen argentinischen Tageszeitung zeigt:

„Mit dem Dampfer 'Cap San Diego' traf gestern das erste Kontingent von deutschem Fleckvieh, das von der Asociación Argentina de Criadora de Fleckvieh für Kreuzungszwecke mit hiesigen Rindern eingeführt wurde. Es handelt sich um insgesamt 28 Tiere, davon zwei Kälber, die während der Reise zur Welt kamen.

Aus Anlaß der Ankunft dieser ersten Partie von Fleckvieh, die auf verschiede Zuchtbetriebe aufgeteilt werden wird, fand an Bord des Schiffes ein Empfang statt, an dem Landwirtschaftssekretär Dr. Raggio, der Unterstaatssekretär für Landwirtschaft, Dr. Juan M. Ocampo, der Botschafter der Bundesrepublik Deutschland, Dr. Ernst-Guenther Mohr, der deutsche Landwirtschaftsattaché Dr. Wolfgang A. F. Grabisch, Dr. José Mariá Quevedo vom Vorstand der INTA, der Präsident der FACREA, Paplo Hary, der Präsident der Vereinigung der argentinischen Fleckviehzüchter, Pedro M. Ocampo sowie Vertreter der argentinischen Züchter teilnahmen. Als Geschenk des Landes Bayern für INTA übernahm Dr. Quevedo einen ausgewählten Zuchtstier. Die aus Deutschland eingetroffenen Tiere sind für folgende Zuchtbetriebe bestimmt: Las Barracas SCA. El Jacarandá SCA., Las Chilquitas SCA, Las Tulipas SCA, Las Tranqueras SCA. Armando Manuel de Ocampo e hijo SRL und Ruda Comas SCA".

In Buenos Aires gab es ein ganzes Stadtviertel, wo nur Deutsche wohnten, wovon viele „Auswanderer" sicher noch aus dem verflossenen 3. Reich stammten. Es gab deutsche Straßennamen, Geschäfte und natürlich auch deutsche Kneipen. Wir bevorzugten aber unsere „New Texas Bar" oder „Old Texas Bar" und wie sie alle hießen. Die Deutschen waren allgemein zwar beliebt, aber als etwas geizig verschrieen. Dafür sorgten schon die Amerikaner, die mit ihren Dollars, der damals noch 4 DM wert war, nur so umherschmissen und damit die Preise überall gründlich versauten.

Die Rüberrobber
Einmal hin ohne zurück

Die billigste Art, mit der HSDG über den Atlantik nach Südamerika zu kommen, war als sogenannter *„Rüberrobber"* mitzufahren. Für diese Mitfahrgelegenheit mußte man allerdings arbeiten, bei freier Kost und Logis zwar, jedoch ohne Heuer und nur für eine Überfahrt. Früher hieß dies: „Hand für Koje". Für die Rückfahrt mußte man sich dann ein anderes Schiff suchen.

Für unseren Bootsmann, dem ich immer noch am liebsten aus dem Wege ging, waren diese Leute ein gefundenes Fressen. Konnte er sie doch, besser als uns, mit seinen kleinen Schikanen traktieren. Ich war nicht der Einzige von der Decksbesatzung, der sich mit ihm schon mal gehauen hatte. Mit einer Pütz voll Dreck und Staub vom Reinschiff ging ich an Achterdeck, um sie über Bord zu schütten, gedankenlos und dummerweise gegen Luv, wie der erste Mensch. Der Dreck wehte mir wieder entgegen, auch auf das frisch abgespritzte Deck. Der Bootsmann, der dies vom *Palaverdeck* aus sah, fing verständlicherweise an zu schreien, sprang mit einem Satz von oben herunter und traktierte mich mit Fäusten. Ich traktierte zurück und schon war ein Gerangel im Gang, das die anderen trennen mußten. Des öfteren gab es mit ihm Ärger, denn er hatte ein Gemüt wie der Elefant im Porzellanladen. Am Vordeck fuhrwerkte er einmal mit dem Backbordkran herum, um Stauholz umzuschichten. Die Kugel mit Haken schwang er dabei herum wie ein Karussell, ohne Rücksicht auf Verluste. Nur um Zentimeter verfehlte er dabei nicht nur meinen Kopf, mit dem Ruf: „Paßt doch gefälligst auf", verbesserte er nicht gerade seine Beliebtheitsskala.

Am wenigsten begehrt war der Job des Meßbüttels, der für die Mannschaftsmesse eingeteilt war. Auch wir Junggrade mußten dafür gelegentlich herhalten. Voller Mißmut mußte auch ich einmal den Büttel spielen, aber nicht lange, denn ich war doch zu unbegabt. Den Kaffee kochte ich entweder so stark, daß sich einem alle Löcher in den Strümpfen zusammenzogen, oder aber so, als ob man eine Bohne ins Bullauge gehängt und die Kanne darunter gestellt hätte. Eine furchtbare Plörre, aber ich war nun einmal kein Kaffeetrinker. Butter „verwechselte" ich mit Margarine, auch dies war mir gewöhnlich nicht so wichtig. Außerdem servierte ich „versehentlich" lauwarme Speisen, wobei ich verdächtigt wurde, sie vorher extra „kaltgepustet" zu haben, einige Brötchen vom Vortag erschienen mir zu schade zum Wegwerfen. Es dauerte so auch nicht lange, bis der Bootsmann mich mit den Worten davonjagte: „Willi, geh bloß wieder an Deck, du bist in der *Pantry* nicht zu gebrauchen", wobei ich ihm lieber nicht widersprach und was mich auch nicht unfroh stimmte. Den Wechsel nahm in gern in Kauf, obwohl ich aus der Kombüse manches Sonder-Leckerhäppchen genießen durfte. Auch mit zusätzlichen Kuchenrationen an den Seesonntagen (Donnerstags) konnte ich mich vollstopfen, ich fürchte aber, zu Lasten meiner Bordkollegen, denn selber essen macht fett. Seeluft macht hungrig und das war ich immer! Denn erst nach dem 24. Lebensjahr baut der Körper ab und ich war demnach noch im Wachstum! Um sich daß Leben zu erleichtern, muß man sich mit den Smutjes immer gut stellen, genauso wie mit den Hausmeistern oder Krankenschwestern an Land, eine kleine, aber zutreffende Binsenweisheit.

Ein anderer unglücklicher Junggrad oder Rüberrobber mußte dann als Nachfolger herhalten. Sie wissen schon: *„Homo humilis lupus"*, der Mensch ist des Menschen Wolf! Hatten wir *Rüberrobber*, wie dieses mal, waren sie genau die Richtigen für diesen Job. Hätten sie gewußt, was auf sie zukam, sie wären zu Hause geblieben oder hätten die Reise lieber bezahlt. Morgens waren sie mit die ersten, abends die letzten und nachmittags kamen sie auch kaum zur Ruhe, und rumgenörgelt wurde sowieso immer.

Neben diversen Milchsüppchen, Brötchen usw., gab es regelmäßig morgens zum Frühstück als besonderes Kraftfutter, Eier nach Wahl. Schließlich waren Eier billig, in der Kühlluke gut zu lagern und in unendlichen Variationen zuzubereiten, wie: Rührei solo, turnover, Rührei mit Schinken, Speck, Tomate, Spiegelei usw.. Kam morgens gg. 7.30 Uhr nach 1 ½ Stunden Arbeit die Decksbesatzung hungrig und ungeduldig zum Frühstück, wurden dem armen Meßbüttel sämtliche Eierwünsche auf einmal an den Kopf geknallt, die er dann durch die Durchreiche von der *Pantry* zur Kombüse weitergab. Natürlich kamen die fertigen Eierspeisen zu verschiedenen Zeiten in verschiedener Reihenfolge für verschiedene Leute aus der Kombüse an. Sehr stressig für den Frühstücks-Koch und nicht einfach auseinander zu halten für den Meßbüttel, und so bekam manch einer schon mal eine falsche Eierspeise serviert, nicht tragisch für die meisten, Hauptsache satt!

Der Bootsmann jedoch hatte sichtlich Freude daran, sich wortlos ein nichtbestelltes Eiermenü vorsetzen zu lassen und dann lautstark zu rufen: „Büdddell . . . !!!" Der Meßbüttel steckte fragend seinen Kopf durch die Durchreiche: „Jaa Bootsmann . . .?" Ohne ein weiteres Wort zu sagen, warf der Bootsmann dann dem armen Büttel seine unerwünschte, noch heiße Eierbestellung einschließlich Teller mitten ins Gesicht. Das passierte dem armen Büttel aber nur das erste Mal, für den Rest der Überfahrt konnte er dank dieser „Eierkur" dem Bootsmann fast jeden Wunsch von den Augen ablesen. Das Gegenstück zu den *Rüberrobbern* waren bei der Hamburg-Süd früher die Auswanderer. 1911 z. B. transportierte die Reederei 60.000 deutsche Kolonisten nach Südamerika, die teilweise die Kosten der Überfahrt abarbeiten mußten. Man fuhr gewissermaßen als gewinnbringenden Ballast in den Zwischen- und Ladedecks menschliche Fracht nach Südamerika und auf der Rückreise Kaffee nach Europa.

Sogar einen Schiffsarzt hatten wir mitunter als *Rüberrobber*. Wie schon erwähnt, war bei mehr als 12 Passagieren ein Schiffsarzt vorgeschrieben und die Passagieranzahl deshalb beschränkt. Außer bei kleineren Verletzungen, Durchfällen und natürlich den üblichen drei Mega-Penicillin-Spritzen gegen gewisse Andenken von Land, wurde der Rüberrobber-Arzt nicht groß beansprucht und konnte seine Überfahrt unbeschwert genießen. Jedoch bei einer Ärztin, die als Rüberrobberin mitfuhr, gab es bei den „empfindsamen, sensiblen" Seeleuten einige Probleme. Alle befallenen Leute waren bemüht, ihr peinliches Geschlechtsleiden so lange wie möglich vor der Dame zu verbergen und verlängerten dadurch ihre Qualen um Wochen. Doch irgendwann hatten auch sie keine Wahl mehr, die Schmerzen, und Unannehmlichkeiten wurden zu groß. Sarkastisch klangen da die boshaften Liedchen der Gesunden:

„Gonokokken, Gonokokken, so groß wie Haferflocken!"

Auf der Rückreise hatte der diesmal männliche Arzt dann alle Hände voll zu tun, die Gonorroe-Kranken zu heilen, und der Penicillinvorrat ging sogar bedenklich zur Neige. Seeleute sind zwar sensibel, aber über diese Kleinigkeiten hat sich kaum jemand aufgeregt, zumal zur damaligen Zeit Geschlechtskrankheiten bei Seeleuten ernsthaft als „Berufskrankheit" eingestuft waren.

Ich erinnere mich an den Fall eines Matrosen, der wegen eines vom Rüberrobberarzt nicht in den Griff zu bekommenden Übels von der übrigen Besatzung wegen des Verdachts auf Lues[1] bei den Mahlzeiten isoliert worden war und nur noch sein eigenes Tellerchen und Besteck benutzen durfte. Aus der „Internationale Geschlekskrankhouiten Beratungsstele" (oder so ähnlich) in Rotterdam zurückgekehrt, erlebte ich den einzigen Menschen, der sich je über eine Geschlechtskrankheit gefreut hatte. Nachdem er verschiedene, gründliche Untersuchungen, so auch die *„Wassermannsche Reaktion"*, hinter sich gebracht hatte, hörte ich seinen Freudenschrei, da sich der böse Verdacht auf Syphilis nicht bestätigt hatte. Er hatte aber gewissermaßen nur eine große Kröte gegen eine kleinere eingetauscht, denn das „geringere" Leiden (Schanker) war auch nicht von Pappe!

---

[1]*Lues=Syphilis: Eine der gefährlichsten Geschlechtskrankheiten, benannt nach dem Titel eines lat. Lehrgedichts des 16. Jh., mit der Geschichte eines an Syphilis erkrankten Hirten namens Syphilus.*

La Cucaracha, la Cucaracha
Wer hat die schönste vom ganzen Schiff?

„La Cucaracha, la Cucaracha, ya no puede caminar...", wer kennt es nicht, das lustige Liedchen über die Marihuana-süchtige kleine Kakerlake?

Mit den Kaffeekleidern, oder Persenningen, den großen Segeltuchplanen, wurde wertvolle Ladung abgedeckt, in den Ladedecks Schüttgut und Sackgut separiert usw.. Mitunter fiel alles mögliche Geziefer beim Auseinanderbreiten daraus hervor. Hauptsächlich große Kakerlaken suchten mit erstaunlicher Geschwindigkeit das Weite, die kleineren *Cucarachas* fand man bevorzugt in den Kojen und vor allem in der Kombüse. Hitze und kälteresistent sind sie und kaum totzukriegen. Die größeren Kerbtiere weckten unser Jagdfieber und derjenige, der die größte auf das Stauholz drapieren konnte, hatte eine Runde Becks Bier gewonnen. In Berlin gibt es heute sogar den „Tarakan-Klub" der die sechs Gramm schweren Tiere, die bis zu sechs Jahre alt werden können, zu Wettrennen antreten läßt.

Ich will nicht übertreiben, aber auch ohne mit in die Länge gezogenen Fühlern, konnten manche der braunen oder schwarzen Ekeltiere bis zu acht Zentimeter erreichen. Hierbei handelte es sich um die Amerikanische Schabe (Periplaneta americana), eine der größten Schabenarten. Es gibt weltweit ca. 3.500 Arten der Allesfresser. Ekliger jedoch war die kleinere Sorte (Blatta orientalis), die überall ihre eckigen Eierpakete ablegte, die eine feste Hülle zum Schutz der Eier bildeten und so ihre lieben kleinen Flitzer auf dem ganzen Schiff verbreiteten. Die Kombüse war schön warm, viel Nahrung und viele enge, unerreichbare Verstecke begünstigten die Lebensbedingungen der äußerst flinken Krabbeltiere. Da sie vorzugsweise im Unrat wühlten, waren sie berüchtigt als Krankheits- und Seuchenverbreiter, und ihre Überreste in Suppen und Speisen sorgten für Würgreflexe, denn schließlich waren wir keine Kanton-Chinesen, für die nicht nur Wasser-Kakerlaken als Delikatesse gelten.

Daher wurde von Zeit zu Zeit die Kombüse komplett ausgeräumt und alle Ritzen abgedichtet. Vorzugsweise unser Bootsmann bewaffnete sich mit einer Sprühflasche auf dem Rücken voll DDT, das damals bei solchen Aktionen noch nicht verboten war. Nur mit einem Mundtuch ausgerüstet, sprühte er das Zeugs in alle Winkel und Ecken, was die Düse hergab. Anschließend wurde die Kombüse eine Nacht lang abgedichtet im DDT-Dunst belassen. Am nächsten Morgen fegten wir Pützenweise die dahingeschiedenen Kakerlaken zusammen, die in Todesangst aus sämtlichen unerreichbaren Ritzen hervorgekommen waren und in der ganzen Kombüse verstreut herumlagen. Der Bootsmann hat vom DDT mit Sicherheit zuviel abbekommen (was man ihm öfters auch anmerkte). Wir aber auch, denn wir wischten anschließend die seifige Schmiere von den Wänden und der Edelstahleinrichtung. Was wir später, als die Kombüse wieder in Betrieb war, noch mit der Nahrung aufgenommen hatten, möchte ich lieber nicht wissen.

Die berüchtigten Vogelspinnen und Skorpione, die man gelegentlich in unserer Obst- oder Kaffeeladung gesichtet haben will, machten sich dagegen ausgesprochen rar. Mit Ratten gab es bei uns keine Probleme, sie gab es sicherlich auch, aber ließen sich kaum blicken. Wenn wir mal eine sahen, waren bestimmt noch zehn andere in der Nähe. Die Festmacher und Leinen wurden auch immer säuberlich mit Rattenblechen versehen, damit Schädlinge nicht per Seiltanz ins Schiff gelangen konnten.

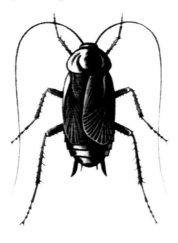

Die Küchenschabe oder Kakerlak

Cap San „Musikdampfer"

Wie bereits erwähnt, hatte die „Cap San Diego" Einrichtungen für bis zu zwölf Passagiere, die aber selten ganz ausgelastet waren. Es waren eben nicht viele, die sich eine Reise auf dem Frachtschiff leisteten, immerhin für ca. 3.000 DM pro Überfahrt.Die Kabinen und der Salon waren auf das Feinste ausgestattet und die Verpflegung ausgezeichnet. Eine Bar zu sehr günstigen Preisen gab es ebenfalls, und alles, was einem Passagier das Leben angenehm machen konnte. Eine Klimaanlage sorgte für erträgliche Temperaturen, auch für die Mannschaft. Der Chefsteward Heins mit seinen „*Mozos*" sorgte für sie wie die Henne für ihre Küken, aber auch für uns war er stets da, wenn wir ihn brauchten, etwa für Zigaretten-Nachschub usw.. Heins war zwanzig Jahre, von der ersten bis zur letzten Reise der „Cap San Diego" unter der HSDG-Flagge, an Bord. Einer seiner Pantry-Mozos sorgte einmal für Aufregung, er war verschwunden und trotz intensiver Suche auf dem ganzen Schiff nicht auffindbar. Wir waren drauf und dran kehrtzumachen und unser Kielwasser abzusuchen, da wir ihn über Bord gefallen wähnten. Nur zufällig wurde er noch rechtzeitig in einer leeren Passagierkabine gefunden, wo er seinen Rausch ausschlief. Wir von der Decksbesatzung mochten zumeist die Passagiere nicht besonders. Arrogante Typen gab es darunter, zumeist standen sie uns immer im Wege herum oder stellten dumme Fragen, Ausnahmen gab es natürlich auch.

Um 6.00 Morgens, noch vor dem Frühstück, wurden die Teakholzdecks der Brückenaufbauten mit Seifenwasser und Piasavabesen weiß geschrubbt, um später die Passagiere bei ihren Deckspaziergängen nur ja nicht mehr zu stören. Oft gab es Probleme, angefangen mit der ständigen Vorsicht, uns mit unseren ketzerischen Reden bloß nicht das Maul zu verbrennen, bis hin, für die Passagiere den Gepäckesel spielen zu müssen. Besonders ärgerlich waren die Beschränkungen, die uns mit dem Swimmingpool auf dem Bootsdeck auferlegt wurden. Nur zu bestimmten Zeiten durften wir ihn benutzen. Aber Gott sei Dank gab es unter den Passagieren auch vernünftige Menschen, die mit uns an Land gingen und einen ausgaben, auch wenn die Schiffsführung dies nicht gerne sah.

In späteren Jahren ging das Passagieraufkommen immer mehr zurück, und auf den Containerfrachtern war damals kein Platz für Kabinen und aufwendiges Personal. Heute hat man den Reiz von Frachtschiffreisen wiederentdeckt und handelt sie als „Geheimtip". Ich denke aber, mit den urtümlichen und langen Reisen der damaligen Zeit sind die heutigen „Vergnügungs-Frachter" nicht mehr zu vergleichen.

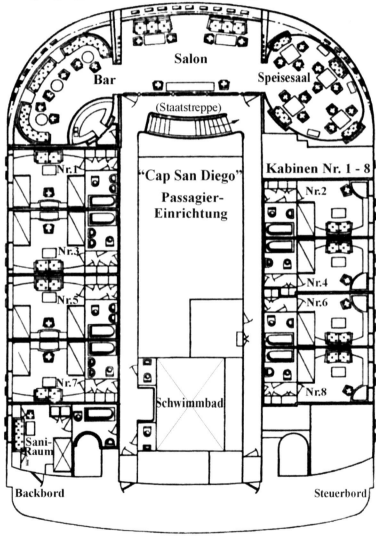

Mit den Schätzen des „Orients"

Die Ladung war vielfältig und als Stückgutfrachter alt hergebrachter Art kamen wir, im Gegensatz zu den heutigen Containerschiffen, mit allen Handelsgütern in Berührung. Heute wird unbekannte Ladung in anonymen Blechkästen, die sich turmhoch bis zur Brücke stapeln, im Schnellverfahren umgesetzt und der Seemann zum „Überseetransportbegleiter" degradiert.

Wie bereits beschrieben, hatte die „Cap San Diego" fünf Luken, zwei Tiefkühlluken und sechs Süßöltanks. Luke eins, vorn, wurde südgehend zumeist mit Chemikalien beladen. Ein unangenehmes Gefühl bei Lukenwache, man wußte nie was für Giftpülverchen da zusammengewürfelt waren. Auf See erlebten wir einmal, daß zwei solcher aggressiven Stoffe, die irgendwie zusammengekommen waren, sich offenbar nicht mochten. Eine sich daraus entwickelnde Selbstentzündung zwang uns, schleunigst die Luke zu öffnen und Teile der qualmenden Ladung mit einem der vorderen Bordkräne nach außenbords zu befördern. Der Bootsmann und ich bekamen davon einige glühende Krümel ab, die mir dabei ein Loch in die linke Schulter sengten. Eines schönes „Plakat" als Andenken habe ich bis heute zurückbehalten. Nach Entladung wurde in Buenos Aires die Luke eins oft mit teilgegerbten stinkenden Tierhäuten, Schaffellen, getrockneten Därmen o. ä. beladen. In Brasilien kamen große und sehr schwere Rohgummiwalzen hinzu, wobei der Ladungsoffizier dabeistand und immerfort: „Powder, Powder, many Powder!" den Schauerleuten zurief. Durch das reichlich verstreute Talkumpuder sollte verhindert werden, daß sich die schweren Gummiklumpen womöglich zu einem großen Wust verklebten, den kein Kran mehr aus der Luke herausbekommen hätte. Luke zwei war vorbehalten für Maschinenteile, auch Autos und Fertigprodukte aus Alemania südgehend. Nordgehend wurde zumeist Kaffee geladen, doch hiervon später.

Den Beladungszustand des Schiffes zeigt die *Plimsollmarke*, auch Lade- oder Freibordmarke an, die beidseitig mittschiffs an der Bodwand angebracht ist. Benannt übrigens nach einem englischen Politiker namens Samuel Plimsoll. Verschiedene Marken bestimmten die Beladung je nach

Sommer- und Winterzeit, Süß- und Salzwasser, wobei hier die unterschiedliche Wasserverdrängung des Schiffes berücksichtigt wird.

Neben der Luke zwei wurden, wie bereits erwähnt, nach den ersten Reisen der „Cap San Diego" noch jeweils eine Kühltasche beidseitig eingebaut. Diese Luken konnten bis auf -20°C gekühlt werden und waren für tiefgekühlte Rinderhälften aus Argentinien, Hammel, Fisch, tiefgekühltes Orangenkonzentrat usw. vorgesehen. Kurz vor dem Einlaufen in Buenos Aires wurden die Luken heruntergekühlt und von uns durch Säubern und Separieren der Aluminium-Gratings für die bevorstehende Beladung vorbereitet. Besonders angenehm war der Temperaturunterschied von -20°C in den Lukentaschen und +30°C draußen an Deck. Luke drei, vor der Brücke, ließ sich bis auf +2°C herunterkühlen. Sie war für Obst, wie Äpfel „Manzanas de Argentina", Birnen, Weintrauben, Ananas aus Pernambuco, gelegentlich Bananen und Gemüse wie Tomaten aus Teneriffa u. a., vorgesehen. Wenn Orangen geladen waren, wurde der Kohlensäuregehalt ständig überprüft. Auch weißer Zuckerrohrschnaps, „Cachacha", ein fürchterlicher Fusel der, wie schon beschrieben, nichts mit dem Bacardi gemein hatte, in Fässern und Flaschen wurde hier abgeladen. Gelegentlich bedienten wir uns mit einem Fläschchen, wobei wir aber darauf achteten, die „angebrochenen" Kartons stehen zulassen. Nur in diesem Fall leisteten die Versicherungen Ersatz. Bei Luke vier achtern, ließen sich die Seitentaschen ebenfalls herunterkühlen. Ansonsten wurden südgehend aus Deutschland häufig Fertigprodukte wie Textilien, Kartons mit Spielzeug, Büchern u.a. mehr geladen. Nordgehend zurück wurden häufig 200 kg schwere Baumwollballen, auch Schuhe und Textilien verstaut.

Im Oberteil von Luke vier auch Heu für unsere verfressenen Vierbeiner. Baumwolle, „das weiße Gold" aus der aufgeplatzten Fruchtkapsel der Baumwollpflanze gewonnen, war eine sehr gefährliche Ladung. Wenn sie einmal brannte, war es fast unmöglich sie zu löschen. Durch die eingeschlossene Luft brannte das Zeug sogar eine Zeitlang unter Wasser. Das Rauchen war hier, wie zwar in allen Luken untersagt, im Hafen wurde aber bei dieser Ladung durch die Lukenwache besonders auf qualmende Schauerleute geachtet. „Prohibido fumar", war hier der häufigste Ausruf.

Die größere Luke fünf hatte einen ähnlichen Verwendungszweck wie Luke vier, aber keine Kühlung. In den Süßöltanks wurden Rizinusöl, Erdnußöl und Leinöl gefahren, die Tanks konnten bei Bedarf auf über +50° C beheizt werden. Öfters wurde sogar flüssiger, weißer Latex transportiert, dessen Wert angeblich die Kosten der Reise gedeckt haben soll. Die Luken waren durch die Deckshäuschen über lange Sprossen-Stiegen zugänglich. Die Lukendeckel bei Luke drei konnten im unteren Teil hydraulisch bewegt werden, die anderen Luken hatten unten hölzerne Lukendeckel, die mit der Hand verlegt wurden. Die oberen Luken waren mit sogenannten Mc Gregor-Lukendeckeln abgedeckt, die auf Rollen liefen und mit Ketten verbunden waren. Aufgezogen wurden sie mit einem Draht, der oben über den *Spillkopf* der *Winsch* lief, sie reihten sich dann wie Perlen an der Schnur senkrecht zwischen Luke und Deckshäuschen auf. Wenn es während der Be- oder Entladung zu regnen drohte, konnten teilweise die Luken per Hand durch das leichte Gefälle zugerollt werden.

Bei so einer Gelegenheit ist mir einmal eine Leitrolle des Lukendeckels abgebrochen wobei der Deckel sich lautstark in seinen Ketten hängend überschlug und die Schauerleute in Luke eins erschreckt flüchteten. Zu Schaden ist gottlob aber niemand gekommen. Ich vermutete Materialermüdung als Ursache. Der Bootsmann und Zimmermann waren mir allerdings irgendwie böse und hielten mich wohl für einen „Saboteur". Ladebäume kamen immer dann zum Einsatz, wenn im Hafen keine Kräne zur Verfügung standen. Aber auch in bestimmten Häfen wurde statt der dortigen altersschwachen Kräne, das eigene Ladegeschirr bevorzugt. Der Ladevorgang mag als ein ungeordnetes Chaos erscheinen, dessen Ende nicht abzusehen ist. Dennoch geschieht bei der Be- und Entladung eines Schiffes alles nach einem genau festgelegten Zeit- und Stauplan. Vor dem Einlaufen wurden die Ladebäume klargemacht und *getopt*. Sie hatten eine Tragkraft von 3/ 5/ 15 t, mit dem 50 t Schwergutbaum war es sogar möglich, eine Elektrolok in Santos zu löschen. Weiter gab es noch zwei Kräne à 3 t.

Beim Be- und Entladen wurde ein Ladebaum direkt über der Luke, ein anderer über der Pier positioniert. Beide Bäume hingen am sogenannten *Hanger*, mit dem sie über die *Winschen* auf den Deckshäuschen getopt und niedergelegt werden konnten. Mit den seitlichen *Geien* wurden die Bäume horizontal bewegt und mit dem *Preventer* fixiert. Der *Renner*, von anderen *Winschen* bewegt, lief unter dem Baum an Leitrollen entlang und endete am Haken. Beide *Renner* waren mit dem Haken verbunden und konnten so z. B. angeschlagene *Netzbrooken* mit Ladung aus der Luke und dann hinüber an die Pier bewegen. Oben auf dem Deckshäuschen in der Mitte über den Luken stand ein Schauermann an den Kontrollern der *Winschen* und richtete sich nach den Signalen des *Lukenfiezes*. Wenn Sie nach diesen etwas langatmigen Erklärungen endlich ein Ladegeschirr bedienen können, machen sie es bitte nicht so wie Matrose Richard, der einmal offenen Auges den Haken mit Karacho zu Blocks hievte, d.h., mit voller Fahrt gegen die Leitrolle an die Ladebaumspitze knallte und damit den Bootsmann zu einem Tobsuchtsanfall brachte. Und wieder einmal wirbelten hierbei die Fäuste.

Auf der Höhe von Elbe 1 zwischen Helgoland und Cuxhaven wurde in Lee, der windgeschützten Seite, wieder einmal der Lotse übernommen. Sobald der Lotse an Bord ist, übernimmt er das Kommando und bestimmt den Kurs. Der Kapitän hat aber weiterhin die volle Verantwortung über das Schiff.

Auf der Elbe vorbei am „Willkomm-Höft" bei Wedel. Diese Schiffsbegrüßungsanlage, der Einzigen der Welt, gibt es seit dem 12. Juni 1952 und feierte damit das 50-jähriges Jubiläum. Die Idee dazu stammte von Otto Friedrich Behnke (1899 - 1964). Alle von See kommenden Schiffe werden hier mit der passenden Nationalhymne lautstark begrüßt und alle in See gehenden entsprechend verabschiedet. Von dem Schiffs-Meldedienst in Hamburg-Finkenwerder erhält der sogenannte „Begrüßungskapitän" vom „Willkomm-Höft" seine Informationen, damit nicht versehentlich ein falsches Schiff mit der falschen Nationalhymne beschallt wird.

Beim Anlegen an Schuppen 52 in Hamburg wurde das Schiff gedreht und legte sich mit dem Heck stromauf an die Pier. Nun nahmen die Schauerleute das Schiff in Beschlag und die meisten von unserer Besatzung fuhren in den wohl verdienten Urlaub.

Rostpicken und Flötentörn

Nach kurzem Heimaturlaub wieder Auslaufen nach Rotterdam zur Endbeladung. Inzwischen kam ich schon sehr gut zurecht, auch mit meinen Bordkollegen, die ich nur noch damit nervte, daß ich für einen „Smok" grundsätzlich nie Feuer dabei hatte, aber damit glaubte ich mich unter Kontrolle zu haben und konnte nicht soviel paffen.

Bald wurde ich auch zur Wache eingeteilt. Als Rudergänger auf der Brücke, meist auf Zwangswegen, wie englischen Kanal, bei schlechtem Wetter, ansonsten als Ausguck in der Brückennock. Hier starrte man sich im Stockdunkeln, wo Wasser, Himmel und Horizont nur ein einziges schwarzes Loch zu sein schienen, stundenlang nur die Augen aus dem Kopf, bis man nur noch Kringel sah. Hatte der Wachhabende Offizier gute Laune und war kein Schiff in der Nähe, durfte ich mit der Signallampe auf dem Vormasten spielen und übungshalber schmutzige Sprüche morsen. Während endloser Nachtwachen ließ ich mir einiges aus der Nautik erklären. Welch mühsamer langer Weg es aber bis zum Schiffsoffizier ist, wurde mir klar, als ich einige „Berechnungen" aus den nautischen Tabellen nachvollziehen und den Kurs abstecken durfte. Nur gut, daß das Schiff meinen Kurs zum Südpol nicht folgte!

Mitten im Atlantik fiel die Maschine aus. Ein Kolben mußte aus einem Zylinder gezogen werden, ich vermute wegen einer Zylinderkopfdichtung, aber davon habe ich keine Ahnung. Am Masten wurden Signale gesetzt, die die Manövrierunfähigkeit des Schiffes anzeigten. Nach einem halben Tag war offenbar alles wieder in Ordnung und es ging weiter.

Die überwiegende Beschäftigung der Deckbesatzung bestand aus Rostklopfen, Mennigen, Malen sowie Farbe waschen, Ladegeschirr überholen u. a.. Auch Laderäume vorzubereiten, die Luken säubern und separieren, d. h. mit Stauholz und *Grätings* auslegen, damit die Ladung nicht mit der Bordwand in Berührung kam und die Luft rundum zirkulieren konnte. Ruderwache, Ausguck gehen usw., es gab immer etwas zu tun. Die Wachgänger arbeiteten neben der 8 Stunden Wache normale 8 Stunden an Deck weiter, für diejenigen, die die „*Hundewache*" von 0.00 / 4.00 Uhr Wache hatten, bedeutete dies nur „tröpfelweise" Schlaf.

Die Samstage und meist auch Sonn- und Feiertage waren normale Arbeitstage, dafür gab es Überstunden und freie Tage für die Seesonntage. Die Wachgänger gingen Sonntags „nur" die normale Wache und brauchten keine Überstunden zu leisten, sie hatten damit die Gelegenheit, sich gründlich auszuschlafen. Bei gutem Wetter, tagsüber, wenn kein Rudergänger oder Ausguck nötig war, wurde der Wachgänger auf „Flötentörn" für Arbeiten in der Nähe der Brücke eingeteilt, wie *Bootsdavids* Rettungsboote überholen und anderes, damit er jederzeit herbeigepfiffen werden konnte.

Der ununterbrochene Kampf gegen den Rost war sehr wichtig, denn schließlich waren die „Cap San"- Schiffe das repräsentative Aushängeschild der HSDG. Die Schiffspflege war aber auch wegen der Klassifizierung durch den Germanischen Lloyd nicht zu vernachlässigen. Denn ein Schiff, das nicht ständig gegen die aggressive salzhaltige Luft und See ankämpft, wird bald zur Rostlaube, wie manche Seelenverkäufer von Billig-Reedereien zeigten, die als einer der berüchtigten, vagabundierenden Zeitbomben überall die Weltmeere befahren und mit spektakulären Havarien für Schlagzeilen sorgen. Rost, er wuchs überall wie Schimmelpilz auf feuchtem Brot, verbreitete sich wie eine Seuche, gegen die nicht geimpft wurde, und verfolgte einen bis in die Träume! Ohne Behandlung frißt er, wie jeder weiß, alles weg. Schlimmer noch waren die nicht sichtbaren Teile unter der Wasserlinie betroffen, denn ein böser „Biobelag" beschleunigt gerade hier die Korrosion. Heute gibt es anderen, weniger korrosionsanfälligen Stahl, der mehr oder weniger regelmäßig im Trokkendock gesäubert und unter Spezialfarbe gehalten wird. Früher war bei hölzernen Schiffen der ärgste Feind der Verschleiß, die Fäulnis und vor allem der Schiffsbohrwurm, von dem z. B. die gesamte Kolumbusflotte befallen war. Ab ca. 1520 wurde dann zum Schutz mit Bleifarben konserviert und später Kupferplatten auf den hölzernen Rumpf genagelt.

Das Oberdeck wurde mit der Rostmaschine, wie oben bei der Äquatortaufe erwähnt, behandelt. Ein von Kopf bis Fuß Vermummelter setzte sich auf einen *Fender* und fuhr mit dem unter einen Fuß geklemmten Rostmaschinenkopf, bestückt mit einem Kranz beweglicher Metallsternchen, über das rostige Deck. Die biegsame Welle wurde von einem

Elektromotor angetrieben. Unter ohrenbetäubendem Lärm flogen einem die Roststücke und Staub um die Ohren, der Schweiß rann in der Tropensonne in Strömen und vermischte sich mit dem Roststaub. Um diese unangenehme Arbeit etwas schmackhafter zu verkaufen, wurde zumeist „Pensum geklopft", d. h. eine Fläche wurde bestimmt, die zu schaffen war. War sie fertig abgefahren, konnte Feierabend gemacht werden. Aber der so vom Restdienst Erlöste war die gewonnene Zeit damit beschäftigt, sich unter der Dusche von dem Dreck wieder zu befreien. Metallteile wurden mit dem Rosthammer behandelt, „Rost picken" genannt. Ein oder zwei Lagen Mennige und Farbe vollendeten das Werk. Schmuddeliges Weiß wurde durch Farbe waschen wieder zum Strahlen gebracht, nicht umsonst galten die „Cap San"-Schiffe als „Weiße Schwäne des Südatlantiks", von nichts kommt nichts!

Auf See erreichte uns ein Funkspruch der Reederei, drei Leute unserer Besatzung wurden als Ersatz für die „Cap Bonavista" gebraucht, die in Trampschiffahrt die Hafenstädte der USA-Ostküste abfuhr. Freiwillige vor, ich meldete mich auch, denn ich hatte von der „Cap Bonavista" und ihrem Kapitän Lothar Rühl, der später von 1971 bis 1978 auch Kapitän der „Cap San Diego" war, schon einige Wunderdinge gehört. So soll die „Cap Bonavista" einmal bei Maschinenschaden die Ladebäume *getopt* und mit sämtlichen *Persenningen* behängt haben, die an Bord zu finden waren. Tatsächlich segelte der Frachter bei diesem Vortrieb mit ca. 5 kn. dahin und war wieder manövrierfähig. Solche Geschichten und mehr kursierten also über dieses Schiff, und ich richtete mich auf den Wechsel ein. Von Buenos Aires aus sollte der Flug, ich glaube nach Boston gehen, und dort die Ummusterung erfolgen.

Wieder in Santos, hatten wir dieses Mal fünf Tage für den Landgang zur Verfügung. Nun lagen wir aber leider sehr weit außerhalb, fast am Ende der Pier. Um zur „Hamburgo Bar" zu kommen, mußten wir die Strecke mit einer offenen, uralten, hölzernen Trambahn zum Hafeneingang zurücklegen, zurück benötigten wir, allerdings in Schlangenlinien, bis zu einer Stunde zu Fuß. Unser *Storekeeper* wurde bei so einem Heimgang des Nachts überfallen und ausgeraubt, sein Geld hatte er Gottlob schon in der „Hamburgo Bar" verbraten, aber eine dicke Beule behielt er als Souvenir zurück. Während unserer Liegezeit war ich „verschollen", da ich mit meiner neuen Bekanntschaft namens Carmen Lucía einige Tage am Strand Praia Consaga von Santos und anderen Ausflugszielen, so auch in São Paulo „Urlaub" machte. São Paulo damals schon ca. 2 ½ Mio. Einwohner, ist heute zu einem Giganten von über 20 Mio. Einwohnern angeschwollen! Ich lernte auch die Familie von Carmen Lucía kennen. Ihr Baby mit dem „typisch brasilianischen" Namen „Hans", vom dem sie das „H" allerdings nicht aussprechen konnte, stammte von einem deutschen Seemann. Carmen Lucías Mutter war eine richtige rundliche, fürsorgliche „Negermami", und die Geschwister hingen an mir und schnorrten Zigaretten, was die Mami allerdings nicht so gerne sah.

Völlig mittellos mußte ich dringend vor dem Auslaufen des Schiffes noch einmal schnell an Bord, um Nachschub an Bar-Mitteln zu holen. In dem Moment jedoch, wo ich gerade über die Gangway pirschte, sah mich der I. Offizier, der mir sofort zurief: „Halt Willi, wohin, du bleibst hier, du kommst sofort zurück!!" Unter „Bewachung" eilte ich zu meinen vorgeblichen „Taxi", daß angeblich auf meine Bezahlung wartete. Tränenreich verabschiedeten Carmen Lucía und ich uns voneinander. Ich wurde wie ein Sträfling an Bord zurückgeleitet, was mich vor dem endgültigen finanziellen Ruin und einer drohenden, frühzeitigen familiären Bindung in einem fremden Land sicherlich bewahrt hat. Meinen Schiffswechsel in Baires hatte ich inzwischen total vergessen.

Unmittelbar nach dem Auslaufen aus Santos erreichte uns ein dringender Funkspruch von „Norddeich Radio" aus der Heimat. Während der Hafenliegezeit herrschte Funkstille, es fand kein Seefunkverkehr statt, so daß uns diese Botschaft erst jetzt erreichen konnte. Die Nachricht betraf mich und teilte in dürren Worten den Todesfall meiner Mutter mit. Ich wurde zum Kapitän gerufen, der versuchte, mir diese Nachricht so schonend wie möglich beizubringen, trotzdem war der Schock groß. Erst von Buenos Aires aus hätte ich zurückfliegen können, aber ich wäre um Tage zur Beerdigung zu spät gekommen, außerdem fehlte mir das Geld für den Rückflug. Der Wechsel zur „Cap Bonavista" hatte sich somit zerschlagen, ich mußte nach Hause, um dort einige Sachen zu regeln.

Café do Brasil, made in Rotterdam
HSDG dritte Fegung

Aus Santos wurden Richtung Heimat, als nordgehende Ladung in Luke zwei, mehr als 1.000t grüner Rohkaffee als Sackgut und als Schüttgut geladen. Hierfür wurden von uns im Unterdeck Stützschotten gebaut, die das Deck in einzelne, kleinere Segmente unterteilte. Damit sollte verhindert werden, daß die Ladung bei Seegang im Ganzen womöglich verrutschen konnte. Die verrutschte Gersteladung der 1957 in einem Orkan südwestlich der Azoren gekenterten „Pamir" hierzu als negatives Beispiel. Gegen Schwitzwasser wurde außerdem Stauholz als *Grätings* auf dem Boden verlegt.

Der Santos Kaffee pur ist für unseren Geschmack so gut wie ungenießbar, höchstens vielleicht als Mokka. Nein, mit Brazil Cerrado, Ethiopia Yrgacheffe oder gar mittelamerikanischem Hochlandkaffee ist er nicht zu vergleichen. Deshalb wird er, ehe er die „Krönung der Auslese" erreicht, mit verschiedenen anderen Sorten gemischt, und die fachgerechte Röstung gibt ihm den letzten Schliff. Übrigens, vor über tausend Jahren soll in Äthiopien, Kaldi, ein Ziegenhirte, durch Zufall den Kaffeestrauch und die berauschende Wirkung seiner Früchte entdeckt haben.

Nach der Entladung in Rotterdam blieben in vielen Ecken und Ritzen des Ladedecks vom Schüttgut und auch von beschädigten Säcken etliche grüne Bohnen liegen. Viel zu schade zum Wegwerfen, zumal bei den holländischen Schauerleuten eine rege Nachfrage nach dem Restkaffee bestand, die uns die gefüllten Abfall-Kaffeesäcke gerne abkauften. Der Grund lag sicherlich in den sehr hohen Steuern auf Kaffee, wie sie in Holland und auch Belgien üblich waren.

Früher war Kaffee für die Reederei eines der Haupt-Transportgüter und wurde nur in Hamburg gelöscht. 1905 gab es einen als „Kaffeekrieg" bekannt gewordenen Aufruhr, als die „Hamburg-Süd" wegen der in Hamburg grassierenden Cholera den Kaffee in Rotterdam statt in Hamburg löschte. Für unsere stets knappe Landgangskasse bedeutete die kleine Zusatzeinnahme aus den Restbohnen eine willkommene Auffrischung. Mit Säcken, Schaufeln und Besen bewaffnet, waren die ersten

Behältnisse schnell gefüllt. Der Anteil von schimmeligen Bohnen, Staub, Sägespänen und Holzresten war noch relativ gering. Bei einer Besen-Nachlese waren die Säcke schon mit erheblich mehr „Fremdstoffen" belastet, aber immer noch mit etlichen Kaffeebohnen angereichert. Erst bei einer letzten „Nachlese" allerdings hatte sich das Verhältnis gute Bohnen/Sägespäne, merklich zu Ungunsten der Kaffeebohnen verschoben, fand aber, wir konnten es selbst kaum glauben, trotzdem noch seine Abnehmer.

Diese Kreation war gemeinhin bekannt als „**HSDG dritte Fegung**" und für uns ein Synonym und Qualitätsmerkmal für jeden ungenießbaren Kaffeetrunk. Ähnlich verhielt es sich mit den flüssigen Latex-Resten, auch hier konnten mit Aufschwabbern der Reste noch einige Kanister gefüllt werden, für die es Interessenten gab. Was ein Schauermann allerdings damit anfangen konnte, war mir etwas rätselhaft, vielleicht Fertigung von Schnullern, Gummistiefeln oder Kondomen? Nachdem Ladung, Besatzung und Passagiere wieder einmal unversehrt abgeliefert wurden, erwartete uns in Hamburg „großer Bahnhof".

Hier ein Auszug aus dem „Hamburger Abendblatt" vom Oktober 1967:

„Flaggenschmuck und flotte Musik begrüßten gestern die Abonnenten des Hamburger Abendblattes, die am Schuppen 51 A den schmucken Hamburg-Süd Frachter 'Cap San Augustin' (9.995 BRT) besichtigten. Sie kamen, um einen Hauch der weiten Welt einzufangen, und gingen heim mit einem Quentchen Romantik im Herzen, dem Klang südamerikanischer Hafennamen im Ohr und blauen Flecken am Bein - an Bord eines Schiffes ist eben fast alles aus Eisen. Die ersten kamen schon kurz nach 8 Uhr und die letzten hätten am liebsten an Bord übernachtet. Offiziers-Assistent Volker Hinz empfing die Gäste mit Prospekten an der Gangway. Von da an waren der Neugierde keine Grenzen mehr gesetzt. Bootsmann Ernst Dücker wich den ganzen Tag nicht von der Back. Mit zwei Flaschen Bier, deponiert vor der Ankerwinde, befeuchtete er die Stimmbänder und ließ seine 5-Tonnen Anker bestaunen. Auf der Brücke herrschte Flohmarktgedränge. Die Damen zog es magisch zu den Passagierkabinen und dem Salon, die Männer zum Maschinenraum. Kapitän

Uwe Dierks hatte wenig Zeit für seine Frau Elisabeth. Einmal an Deck wurde er sofort mit Fragen bombardiert.

Unvergeßlicher Höhepunkt für viele: Kurz nach 13 Uhr machte das Schwesterschiff **'Cap San Diego'** *an derselben Pier fest: Mit Typhongebrüll und Schleppertuten, Fastmoker-Akrobatik und Begrüßungsumarmmungen. Soeben von Brasilien zurück."*

Soweit der Zeitungsartikel.

Auch die „Cap San Diego" wurde anschließend nicht vom Besucheransturm verschont. Für mich hieß es nun Abschied nehmen. Wegen des Todesfalles meiner Mutter waren dringend verschiedene Sachen an Land zu regeln. Erst einige Wochen später sollte ich beim Nordd. Lloyd, weiterfahren.

Von 1962 bis 1981 war die „Cap San Diego" für die Hamburg-Süd hauptsächlich im Südamerika-Dienst eingesetzt, ohne größere Probleme und besondere Unfälle. Sie hat sich bezahlt gemacht und Gewinne erwirtschaftet, was kann man mehr verlangen? Bei aufkommendem Containerverkehr wurde sie allerdings unwirtschaftlich, wobei auch die nachlassenden Südamerika-Importe wegen Devisenmangels eine Rolle spielten. Im Jahre 1981 wurde das Schiff an die spanische Reederei „Iberia" verkauft, mit dem Heimathafen Panama. Bis 1982 fuhr die „Cap San Diego" noch in Charter der „Hamburg-Süd". Ab Januar 1982 hieß das Schiff dann „Cap Diego". Im Frühjahr 1986 wurde sie verkauft an: Mulistrade Shipping Inc. Monrovia, Namenswechsel „Sangria" und Heimathafen Kingston unter der Flagge St. Vincent & Grenadine. Vor der Verschrottung in Asien wurde das Schiff 1986 gerettet und an die Stadt Hamburg verkauft. 1987 habe ich das Schiff wiedergesehen, als traurigen, verrosteten Schrotthaufen, kaum vorstellbar, bei uns damals wurde auch dem kleinsten Rostfleckchen sofort eine Sonderbehandlung zuteil. Das Schiff erhielt wieder den alten Namen „Cap San Diego" und liegt, wie oben schon erwähnt, heute noch fahrtüchtig, und im altem Glanz erstrahlend, unweit der Landungsbrücken unter der jetzigen Eignerflagge der „Stiftung Hamburger Admiralitätsverein" als Museums- und Ausstellungsschiff, für jedermann zu besichtigen.

Was für ein seltenes happy end für so ein schönes Schiff!

IV. Kapitel

Die Havelstein
Schneller als Oetkers „Wurstwagen"

Auf ein Telegramm hin eilte ich von meinem Heimatort mit Sack und Pack und allen Effekten zum Heuerbüro des Nordd. Lloyds am Überseehafen nach Bremen. Da ich mich erst am nächsten Tag am Schuppen 74 a in Hamburg auf dem MS „Havelstein" melden sollte, übernachtete ich für wenig Geld im dortigen Seemannsheim der Seemannsmission, von den Seeleuten auch „La Paloma-Brigade" genannt. Hier war es damals noch üblich, daß über Lautsprecher die einzelnen Schiffe, Reedereien und Fahrtgebiete, ja sogar Heuerangebote ausgerufen wurden. Die Seeleute konnten sich bei diesem Überangebot noch ihre Wunschheuer, Wunschschiff und Wunschfahrtroute aussuchen. Paradiesische Zustände, die sich bald ändern sollten.

Eines der begehrtesten Fahrtgebiete war der „Magellan-Trip", die Westküste Südamerikas mit Valparaiso als wichtigster Einfuhrhafen Chiles zählte zu den schönsten Hafenstädten. Hier konnte man noch richtig „die Sau rauslassen", da der deutsche Seemann mit seinen sauer verdienten Dollars bei der dortigen Damenwelt sehr beliebt war. Ein wichtiges Entscheidungskriterium für den Seemann war mitunter, in welchen Häfen die Wege zu den Bars und den Senoritas die kürzesten waren. Natürlich ließ auch die Südsee mit Papetee auf Tahiti, jetzt wie ehedem, das Seemannsherz höher schlagen, trotz extrem langer Seetörns. Fast immer waren noch Plätze frei, z. B. zum „perversen Golf", einmal Dschidda und zurück konnte niemanden locken. Auch Australien, man wundert sich, war nicht sonderlich beliebt. Lange Fahrtzeiten, der englische Puritanismus, frühe Kneipenschließungen und Damenmangel waren der Grund dafür.

Bremen war der Sitz der Reederei und Heimathafen meines neuen Schiffes. Die meisten Schiffsnamen des Nordd. Lloyd endeten mit „...stein", so wie die meisten Oetker Schiffe mit „Cap..." begannen Die „Havelstein", nicht ganz so aus dem „Ei gepellt" wie die Cap-San-Schiffe, auch nicht gänzlich in strahlendem Weiß, sondern mit schwarzem Rumpf, weißen Aufbauten und gelbem Schornstein unterschied sie sich deutlich in ihrem Äußeren , der Ausstattung und der Technik. Als Stückgut-Schnellfrachter war das Fahrtgebiet Ostasien. Mit einundzwanzig Knoten war sie schneller als die „Cap San Diego" und mit 166,3 m etwas länger. Die Breite betrug 19,1 m und der Tiefgang fast 8 m. 6.903 BRT betrug die Ladekapazität, mit 9.716 tdw, aber kleiner als die der „Cap San"-Schiffe. Die „Havelstein" wurde 1954 in der Deutschen Werft erbaut und hatte damit also schon einige Jahre auf dem Buckel, die man ihr auch ansah. Auch Passagiereinrichtungen für 12 Passagiere gab es, allerdings nicht ganz so luxuriös ausgestattet wie die der „Cap San"-Schiffe, auch das Passagieraufkommen war geringer. Auf dieser Reise hatten wir u. a. einen Jesuiten-Missionar für Korea unter den Fahrgästen und noch einige wenige mehr.

Zuerst teilte ich mir eine Kabine mit einem Spanier, „Bronco" mit Namen, an dem ich mein spanisches Kauderwelsch aus Südamerika ausprobierte. Wenig später legte man auf Wunsch unsere vier mitfahrenden Spanier zusammen. Inzwischen zum Leichtmatrosen befördert, wurde ich mit einem anderen Leichmatrosen zusammengelegt.

Nach der Teilbeladung in Bremen ging es weiter nach Amsterdam, wo wir an einer abgelegenen Pier festmachten. Dort wurde die rote Flagge „Bravo" gesetzt, ein Zeichen für die Übernahme gefährlicher Fracht. Niemand verriet uns, um was es sich bei der geheimnisvollen Ladung handelte, die in der Luke drei verschwand. Erst viel später in Taiwan erfuhren wir es, Munition und Waffen für den Vietnamkrieg der Amis sollten es gewesen sein. In Rotterdam wurde wie üblich endbeladen. Nach dem Auslaufen Seeklarmachen, indem alle Ladebäume niedergelegt und seefest verzurrt wurden, ebenso die Gangway und alles, was nicht niet- und nagelfest war. Die Festmacher wurden auf Paletten in die Luken oder ins Kabelgatt verstaut, und wir machten uns für eine lange Überfahrt bereit. In der Biskaya, bei ausnahmsweise ruhiger See, stand ich, inzwischen für die 0.00 / 4.00/12.00/16.00 Uhr-Hundewache eingeteilt, auf der Brückennock und hielt Ausguck, während der Rudergänger Kurs hielt. Der „AEG - Matrose" (die Ruderautomatik), war noch nicht eingeschaltet, da unser Kapitän darauf bestand, bis Las Palmas „durchzu-

MS „Havelstein" - Nordd. Lloyd, Bremen

Penang / Malaysia

paddeln". Von weitem schon war ein kleines weißes Pünktchen auszumachen, das sich beim Näherkommen zu einer mir altbekannten Silhouette entwickelte. Ein „Cap San"- Schiff, hier die „Cap San Nicolas", wie ich mit dem Fernglas ausmachte, kam näher. Sie lief auf gleichem Kurs Steuerbord vor uns her und es dauerte nicht mehr lange, bis wir auf gleicher Höhe waren. Unser Kapitän befahl dem 1. Chief durch das Sprachrohr „noch'n paar Kohlen nachzuschmeißen" und man sah, wie er sich freute und zufrieden vor sich hin brummelte: „Da würde der alte Rudolf August (Oetker) bestimmt vor Wut mit dem Fuß aufstampfen, wenn er wüßte, daß wir einen seiner Wurstwagen überholen!"

In Las Palmas wurde, wie üblich, gebunkert. Hierbei paßten die damit beschäftigten Leute aber nicht auf, und der Schiffsdiesel lief direkt hinter der Luke drei in einem breiten Strahl auf das Oberdeck. Der Tank war voll und bis dies jemand registrierte, schwamm alles im Sprit, automatische Abschaltung oder so etwas gab es offensichtlich nicht. Nur gut, daß es kein Flugbenzin war und in diesem Moment niemand geraucht hatte oder einen elektrischen Schalter umlegte, die Reise wäre sicher schnell zu Ende gewesen, und mit der angeblichen Munition an Bord hätte es sicher ein schönes Feuerwerk gegeben.

Nach einem ausgiebigen Landgang stand uns nun ein über dreieinhalb Wochen dauernder Seetörn bevor. An die 10.000 Seemeilen, also über 18.000 km, lagen vor uns bis zum nächsten Hafen nördlich in der *Straße von Malakka*. Durch den Suezkanal konnten wir wegen des damaligen „7-Tage Krieges" und der Suezkrise nicht wie sonst üblich abkürzen, sondern mußten um das *Kap der guten Hoffnung,* an Mauritius vorbei und quer durch den Indischen Ozean bis zum ersten Ziel, *Penang* in Malaysia.

Zuviel Schlaf ist ungesund

Die traditionelle Einteilung der Wache wurde früher durch das Glasen mit der Schiffsglocke begleitet. Die Glockenschläge ertönen immer paarweise, ein Einzelschlag schließt das Signal ab. Z. B. 1. Stunde = 2 Doppelschläge, 3. halbe Stunde = 2 Doppelschläge und 1, usw. Nur zu Silvester ertönen 16 Glockenschläge hintereinander. Die mir aufgedrückte Hundewache war natürlich sehr unbeliebt. Um 0.00 Uhr beginnend bedeutete dies, mindestens eine viertel Stunde vorher geweckt zu werden, um dann die folgenden vier Stunden auf der Brücke entweder als Rudergänger oder Ausguck zu verbringen. Im Dunkeln starrte man meist stundenlang ein Loch in die Luft. Aber auch sehr schön konnte es sein, einen unglaublich funkelnden Sternenhimmel mit dem Kreuz des Südens vor pechschwarzem Hintergrund zu beobachten und zu verfolgen, wie sich die Sternbilder von Horizont zu Horizont langsam verschoben. Mitten im Ozean, war von Lichtverschmutzung oder neudeutsch: „light pollution", wenig zu spüren. Über unseren Metropolen hängt eine zunehmende „Lichtglocke", so daß in den Ballungsgebieten die Nacht überstrahlt wird von abertausenden von Lichtern. Man sagt, daß mehr als 2/3 der Menschen noch nie einen wirklich dunklen Himmel gesehen haben. Um die Sterne von störenden Lichtern wirklich unbeeinflußt beobachten zu können, mußten die Astronomen z. B. auf den 2400 m hohen Gipfel des Roque de los Muchachos auf La Palma ausweichen. Oder direkt aus dem Weltraum als Astronaut, nicht zuletzt aber auch auf hoher See, als ein Ausguck stehender Leichtmatrose!

Gelegentlich holte ich aus der Offiziers-Pantry einen Kaffee für den wachhabenden Offizier und mich. Während der endlosen Nachtwachen unterhielten wir uns oft über Gott und die Welt. Ich glaube, aus den Erfahrungen dieser Leute konnte ich mehr lernen als in jedem Seminar. Kurz vor Wachende wurde der Nachfolger geweckt, was mitunter keine leichte Aufgabe war. Ich habe schon Leute geweckt, bei denen ich hätte schwören können, daß sie wach waren, aber tatsächlich noch schliefen. Sie erhoben sich, antworteten, schauten mich mit großen Kulleraugen an und ich ging beruhigt wieder auf die Brücke in froher Erwartung der Ablösung in wenigen Minuten. Wenn ich eine viertel Stunde nach Wachende schon recht ärgerlich wieder runter ging, lagen sie da und schnarchten, als ob nichts gewesen wäre. Wutschnaubend habe ich dann die Matratze angehoben und mit Inhalt durch die Kabine auf den Gang geschleift, das hat meist geholfen. Gegen 4.30 Uhr schlief ich in der Regel erst ein und wurde um 7.30 Uhr bereits wieder geweckt, nachdem die anderen schon eineinhalb Stunden an Deck geknechtet hatten. Eine halbe Stunde Frühstück und anschließend wurde an Deck normal zugetörnt und gearbeitet. Gegen 11.30 Uhr gab es vorgezogenes Mittagessen, da ich um 12.00 Uhr mittags zum Wachbeginn wieder auf der Brücke sein mußte. Wurde kein Rudergänger oder Ausguck benötigt, konnte wie oben schon beschrieben auf „Flötentörn" in der Nähe der Brücke, zum jederzeitigen Abruf in Hörweite, gearbeitet werden.

Kam uns eine Regenwand, oder wie einmal geschehen, eine „Wasserhose" direkt entgegen, wurde kurzfristig der AEG-Matrose ausgeschaltet, auf Handruder umgestellt und versucht, der Störfront auszuweichen. Natürlich auch auf Zwangswegen, wie Kanälen, Lotsenführung usw., war „paddeln" angesagt. Vor dem Rudergänger befand sich der Kreiselkompaß, wobei der angegebene Kurs wiederholt werden mußte, z. B. „nach Steuerbord auf 220° gehen" und „220° liegen an" oder „2 Strich Backbord" usw., dieser Kurs mußte dann bis zum nächsten Kommando gehalten werden.

Um 16.00 Uhr bei Wachende gab es eine halbe Stunde Kaffeepause und Smok, und dann wurde der Rest bis 18.00 Uhr zugetörnt. Bis 19.00 Uhr hatte man zu Abend gegessen und sich geduscht und dann erst war Feierabend, ein paar Fläschchen Becks Bier gönnte man sich mit den anderen und vertrieb sich die Zeit mit Schnacken, Kartenspielen usw.. Gegen 21.30 Uhr sollte man dann aber schon möglichst in die Koje gehen und eine Mütze voll Schlaf nehmen, da um 23.45 Uhr wecken war und ..., siehe oben. Das bedeutete durchschnittlich nur ca. 5 Stunden Schlaf und dies auch noch tröpfelweise! Man konnte sich daran gewöhnen, allerdings nickte man jedes freie Minütchen dann so vor sich hin, und an Sonn- und Feiertagen, wo nur die normale acht-Stunden-Wache zu gehen war, schlief man durch und holte alle Defizite wieder auf.

Donnerstags war „Seesonntag", es gab Kaffee und Kuchen, der Klönschnack war an der Kaffeetafel länger als sonst und man konnte sich die ganze Woche darauf freuen. So klein waren die Ansprüche!

Von der Deckbesatzung waren der Bootsmann, Zimmermann, „Kabelede" generell von der Wache befreit. Dem Kabelede oblag die Verwaltung des Kabelgatts, mit allen Schäkeln, Tauwerk, Drähten usw.. Zumeist war es ein älterer Matrose, wie in unserem Fall. Er brauchte gelegentlich zum Spleißen von Drähten und Tauwerk eine Brille, die er ansonsten schamhaft versteckte. Etwas abergläubisch war er auch, in jedem Ereignis witterte er etwas Übernatürliches, Übersinnliches. Einmal erlebten wir ihn vollkommen übersinnlich duhn auf der „Staatstreppe", die zur Brücke hoch führte, hocken. Niemanden, auch nicht die Schiffsführung, durchlassend, faselte er etwas „von seiner Bewährungszeit, die ihm egal sei, er würde trotzdem jedem was vors Maul hauen, der hier durchwollte". Ihn umgingen wir lieber über andere Niedergänge, ließen ihn bis zum nächsten Morgen auf der Staatstreppe schnarchen und retteten damit seine Bewährungszeit.

Seeleute sind eben sehr mitfühlend und sensibel, aber das erwähnte ich schon. Abergläubisch waren Seeleute zumindest früher ganz besonders. Aber mancher Spruch der nach Aberglauben riecht, hatte einen reellen Hintergrund. So heißt es: „Wenn man eine Zigarette an einer Kerze anzündet, stirbt ein Seemann". Die Erklärung ist: Im Winter waren manche Seeleute, insbesondere Fischer wegen schlechten Wetters zu Hause. In dieser Zeit fertigten sie in Heimarbeit Zündhölzer. Waren Sie im Alter nicht mehr in der Lage Streichhölzer zu fertigen und damit ihren kärglichen Lebensunterhalt zu verdienen, mußten sie ihr letztes Pfeifchen an einer letzten brennenden Kerze anzünden und verhungern.

Nur gut, daß ich nicht mehr rauche und meinen Aberglauben pflege, denn der Glaube an einen Lottogewinn ist wohl sowas ähnliches!

Die Junggrad-Connection

Vier Junggrade waren wir, ein Decksjunge (1. Lehrjahr), ein Jungmann (2. Lehrjahr) und zwei Leichtmatrosen (mit mir, 3. Lehrjahr). Im Gegensatz zur „Cap San Diego", wo der „DDT-geschädigte" Bootsmann uns als „Panzenvolk" beschimpfte und rumscheuchte, wurde hier kaum ein Unterschied zu den Vollmatrosen gemacht, und wir wurden fast gleichwertig behandelt.

Der Leichtmatrose „Häuptling" (den richtigen Namen wußte kaum jemand) lag mit auf meiner Kammer, hatte Geburtstag. Alle Junggrade verkrümelten sich nach und nach während der Arbeit und kümmelten sich auf „Häuptlings" Wohl kräftig einen. In der Kammer von Jungmann dem „Langen" bekamen wir einige Zeit später mit, daß der Bootsmann uns bereits suchte. Aber auch der III. Offizier suchte uns, denn wir hatten den bordinternen Unterricht, der regelmäßig zweimal die Woche stattfand, verschlumpft. Wir verlegten kurzerhand unseren „Tagungsraum" und wurden trotzdem bald aufgestöbert. Aber für die Arbeit oder Unterricht waren wir nicht mehr zu gebrauchen, das Strafgericht am nächsten Tag kann man sich unschwer vorstellen. Wir vier Junggrade hielten zusammen wie die Kletten und deshalb konnte uns der Rüffel vom Bootsmann und dem III. Offizier nicht allzu viel anhaben.

So manche schöne Geschichten kursierten von früheren Junggraden. So wurde erzählt, daß ein Kapitän, der nicht sonderlich beliebt war, es haßte, wenn die Tasse Kaffee, die während der Wache aus der Pantry für ihn geholt wurde, ein Fußbad in der Untertasse hatte. Ein Junggrad wurde des öfteren belobigt, weil nur er es schaffte, die Tasse Kaffee immer „trocken" zu transportieren. Kein Wunder, nach dem Eingießen in die Tasse nahm er einen guten Schluck heraus und ließ ihn (Igitt) kurz vor der Brücke wieder hinein!

Früher konnte man den dümmlichen Moses, der mit dreizehn Jahren anfing zur See zu fahren, vielleicht noch mit einem vor dem Fernglas vorgebunden Bändsel-Äquator veralbern, heute bestimmt nicht mehr. Und wie dem Moses dauerhaft der Unterschied zwischen Backbord und Steuerbord beigebracht wurde, ist heute auch nicht mehr üblich. Der Kapitän verpaßte dem Moses, der sich dies nicht merken konnte, eine schallende Ohrfeige auf die linke Wange und sagte:

„So, jetzt weißt du's, links ist Backbord und rot!"

Hierzu durften wir uns auch das folgende Sprüchlein einprägen:

Kommt grün und rot voraus in Sicht,
dreh' Steuerbord, zeig rotes Licht;
denn grün an grün und rot an rot
geht alles klar, hat keine Not.
Wird rot an Steuerbord geseh'n,
so mußt du aus dem Wege geh'n.
Sieht man jedoch an Backbord grün,
brauchst du dich weiter nicht zu müh'n,
in diesem Fall soll grün sich klaren
und muß dir aus dem Wege fahren.

Von einem anderen wurde erzählt, daß er zum 1. April einen „Kompaßschlüssel" vom I. Chief aus der Maschine holen sollte. Natürlich hatte man sich abgesprochen, und der Chief übergab dem armen Junggrad einen Schraubenschlüssel, der normalerweise für die großen Zylinderkopfschrauben der Schiffsdiesel vorgesehen war. Nachdem er den über 1 m langen, schweren Schlüssel ächzend und schweißgebadet auf die Brücke geschleppt hatte, wurde er angepfiffen, mit dem „falschen" Schlüssel wieder in den „Keller" runtergejagt, um den „richtigen" zu holen. Einen Kompaßschlüssel gibt es tatsächlich, aber der ist nur wenige Zentimeter lang und wird zum Justieren des empfindlichen Instrumentes verwendet.

An Land waren wir vier auch meist zusammen und gerieten gelegentlich in peinliche Situationen. Siehe hierzu auch die Geschichten zu: *„Der Kondolenzbesuch"* und *„Rikschas und Weihnachtssternchen"*.

Leichenzug und Hammerhaie

Die Zeit vertrieben wir uns mit wechselseitigen Besuchen und häufigen Klönschnacks in den Kammern von Bordkollegen, denn TV, Videorecorder und anderen Schnickschnack gab es damals noch nicht an Bord. Neckische Spielchen erfanden wir, so auch den „Leichenzug", der darin bestand, hohe Türmchen mit gefüllten Biergläsern, Bierdeckeln, Schnapsgläsern, noch mehr Biergläsern, Schnapsgläsern, Bierdeckeln usw. zu bauen. Derjenige, der im Turmbau unterlag, „durfte" das Nachbartürmchen hintereinander leertrinken, ein toller Zeitvertreib, den nur die Trinkfestesten „überlebten". Besonders bekloppt war z. B. „Messertackern", wobei die Spitze eines Messers mit immer höherer Geschwindigkeit durch die Lücken der abgespreizten Finger getackert wurde, ich habe heute noch als Andenken eine Narbe zwischen Zeige- und Mittelfinger. Dummheit muß bestraft werden!

Das Stammgetränk war Becks Bier, angeblich chininhaltig und tropenfest sollte es sein, wie ich selbst feststellen konnte. Auf früheren Reisen war zu sehen, wie im Store Hunderte von Kisten übereinander gestapelt wurden. Gegen Ende der Reise war oft noch eine Lage Bierkartons übrig, worauf wieder eine neue Ladung gestapelt wurde. Bis tatsächlich die untere Lage erreicht und ausgetrunken war, konnten einige Reisen vergehen, aber schlecht war es immer noch nicht. Ich bin fest davon überzeugt, daß die Schiffahrtsrouten aller Seeschiffe auf dem Meeresgrund mit Bleistiefeln zu Fuß abgelaufen werden könnten. Man brauchte nur den über die Kante geworfenen Bierflaschen auf dem Meeresboden zu folgen, denn Pfandflaschen waren nicht üblich.

Immer weiter nach Süden ging es, oft in Sicht der afrikanischen Küste. Wir vertrieben uns die Freizeit mit Angeln und fingen gelegentlich Haifische. Meist waren es kleinere Exemplare bis ca. 1,50m Länge, die wir mit Kombüsenabfällen herbeilockten. Da niemand so recht etwas damit anfangen konnte, warfen wir sie wieder zurück in ihr Element, ehe sie jemanden beißen konnten. Nur einem Hammerhai versuchte man das Gebiß als „Trophäe" herauszubrechen, was in ein wüstes Gemetzel ausartete und trotzdem nicht gelang.

Die sterblichen Überreste wurden über Bord geworfen, wo eine Menge Artgenossen sich um die besten Häppchen rauften. Es heißt: „Ein Hammerhai kommt selten allein", sie sollen sich in „Schulen" bis zu 500 Tieren versammeln. Morgens sammelten wir regelmäßig fliegende Fische ein (auch Außenbordskameraden genannt), die nachts auf dem niedrigeren Achterdeck landeten und dort offenbar den Weiterflug nicht mehr schafften. Die abgestürzten Flieger waren sogar recht schmackhaft aber von unserem Koch nicht gern gesehen, da sie Arbeit machten und nicht als tiefgefrorene Filets aus dem Store stammten. Delphine, die mit einer erstaunlichen Geschwindigkeit und Ausdauer vor dem Bug hin und quer kreuzten, habe ich schon erwähnt, stundenlang konnte man ihnen zuschauen, ein schöner Anblick.

Bald war es soweit, der Tafelberg Kapstadts kam unweit querab in Sicht. Der I. Chief kam auf die Brücke und unterhielt sich ein wenig mit dem wachhabenden Offizier, fast hätte ich es geglaubt, als er todernst und ohne mit der Wimper zu zucken meinte, wir müßten Kapstadt anlaufen, da uns der Twist ausgegangen sei. Mit Twist, Putzlumpen, wurden in der Maschine Ölflecken weggewischt und die *Bilgen* gesäubert. Erst über dreißig Jahre später hatte ich die Gelegenheit, von Kapstadt aus in die Seerichtung zu blicken, wo wir damals erst den kleineren Teil der Reise hinter uns hatten.

Eine Herde von riesigen Pottwalen zog vor der Küste Kapstadts vorbei und schnaubte und platschte, was das Zeug hielt. Sogar einen großen Manta, obwohl harmloser Planktonjäger, wegen seines Aussehens auch Teufelsrochen genannt, sahen wir wie er aus dem Wasser schoß, einen Salto drehte und mit der Bauchseite wieder aufs Wasser platschte, vielleicht verfolgt von einem Hai?

Das Kap der guten Hoffnung kam in Sicht, früher auch Kap der Stürme genannt. Vorbei am Cap Aguilas (Nadelkap), dem tatsächlich südlichsten Punkt des Afrikanischen Kontinents (nicht Kap der guten Hoffnung!), kamen wir nun in den Indischen Ozean. Nordöstlichen Kurs, an Madagaskar vorbei in Richtung der Maskarenen und den Inseln Réunion mit dem wohl aktivsten Vulkan der Welt, dem 2.631m hohen „Piton de Fournaise" und Mauritius. Hier wurde es bald sehr ungemütlich, da wir in einen Ausläufer der berüchtigten Mauritiusorkane gerieten, dessen Brecher uns, obwohl kein kleines Schiff, stark rollen ließen und wie in einem riesigen Fahrstuhl rauf und runter beförderte. Ein Spielball der Naturgewalten, wobei einige unserer Leute kapitulierten und ihren Mageninhalt zu Fischfutter werden ließen. Nun, nicht immer zeigte sich die See von ihrer schönen Seite.

Ich erinnerte mich an Schauergeschichten vom berüchtigten „Seeschlag", riesige, aufgeschaukelte Freakwellen, 40 m hohe Extremwogen, Mauern aus Wasser, die schon manche, auch größere Schiffe spurlos verschwinden ließen. Früher oft als Seemannsgarn abgetan, aber durchaus reale Gefahren, wie heutige Satellitenfotos belegen. Nicht immer sind Tsunamis dafür die Ursache. Heute ist es für die Schiffe möglich, sich von meteorologischen Diensten beraten zu lassen oder über spezielle PC-Programme sogar Wetterkarten zu empfangen. Noch eine Zeitlang nach Abklingen des Sturms begleitete uns eine schwere Dünung, jede siebente Welle, so sagt eine alte Seemannsweisheit, schaukelte uns ein wenig stärker. Ein Landungsboot wäre hier wohl rettungslos abgesoffen.

Es vergingen die Wochen mit gleichförmiger Arbeit und Wache, bis wir im südlichen Golf von Bengalen einen SOS-Notruf empfingen. Wir sollten Überlebende suchen helfen, die von einem havarierten Schiff hilflos in der See treiben sollten. Wer schon einmal bei bewegter See nach Kleinteilen Ausschau gehalten hat, weiß, wie schwierig es ist, bei Wellengang einen Menschen zu entdecken. Und so kreuzten wir im Zickzackkurs stundenlang erfolglos hin und her. Nur einmal sahen wir einige Wrackteile, ob die von dem verunglückten Schiff stammten?
SOS steht für „Save our souls!" (Rettet unsere Seelen!).
Im früher häufiger üblichen Morsealphabet lautet es: . . . - - - . . .
Vor dem SOS hieß es: CQD, „Come quick, danger." (Kommt schnell Gefahr!) „MAYDAY, MAYDAY", oft das letzte Signal von Flugzeugen oder Schiffen, kommt vom französischen „M'aidez!" (Helft mir!). Gesendet wird der internationale Notruf über den Funkkanal 16, wer diese Notrofe auffängt und nicht reagiert, macht sich strafbar.

Nach über dreieinhalb Wochen Seetörn gelangten wir in die Straße von Malakka und ankerten auf Reede vor der malaysischen Insel Penang.

Rikschas und Weihnachtssternchen

Sehnsüchtig auf die Lichter von Penang starrend hörte ich die Geschichten vom Jungmann „Langer" und Leichtmatrose „Häuptling", die diesen Ort von der letzten Reise her schon gut kannten. Am nächsten Tag nach Feierabend setzten wir uns ins Ferryboot und tuckerten hinüber an die Pier, wo schon eine Menschenmenge gestikulierend herumwuselte. „Die warten auf uns", meinte der Lange, „das sind alles Rikschafahrer", ergänzte Häuptling. Er meinte sogar seinen „Stammrikschafahrer" unter der aufgeregt fuchtelnden Menschenmenge mit Fahrradrikschas ausmachen zu können. Und tatsächlich, die Rikschafahrer von der letzten Reise hatten ihre Stammgäste wiedererkannt und per Geleitschutz in ihre mit Baldachinen versehenen Fahrradrikschas bugsiert. Ich saß mit dem Langen in einem Gefährt, und wir ließen uns kreuz und quer durch Penang radeln. Ein unangenehmes Gefühl, wenn sich jemand für einen so abstrampeln muß, aber für unseren Fahrer ein sehr gutes Geschäft. Für 10$ und zwei Päckchen Zigaretten strampelte er für uns fast die ganze Nacht von Pinte zu Pinte. Vor jeder Kneipe wartete er geduldig mitunter stundenlang und qualmte seine Zigaretten.

Rikscha , übrigens vom japanischen „Jin Riki Sha", Mensch-Kraft-Maschine abgeleitet, ist im indischen zu „Rikscha" verschmolzen.

Penang bot damals in den Rotlichtvierteln all das, was von den heutigen Bums-Touristenbombern aus Bankok hinlänglich bekannt ist. In jeder Bar wurden wir zuerst vom Papa-Son oder von der Mama-Son begrüßt und nach unseren „Wünschen" in ausgesuchtestem Pidgin-Englisch befragt: „We häv weri neiss exebischen Schou, wat ju leik, män-män, weif-weif, weif-man, weif onli, män onli" etc.. Anschließend präsentierte man uns eine Reihe von Mädchen, offenbar gestaffelt nach „Qualitäten", „this girl five Dollars, six Dollars, seven Dollars, eight Dollars" usw.. Aber so war es nun einmal, Frauenbeauftragte oder keusche Damen, die Seeleute auf den rechten Weg bringen konnten, gab es an Bord nicht, zumindest damals noch nicht! Wie lautete da ein alter Seemannsspruch? „Weiberröcke an Bord bringen Streit und Mord!"

Heute natürlich ohne Bedeutung, denn es ist längst üblich geworden, daß weibliches Personal an Bord Dienst tut, und daß weibliche Familienangehörige von Besatzungsmitgliedern gelegentlich mitfahren.

Früh am Morgen verabschiedeten wir unseren Rikschafahrer und bestellten ihn zum nächsten Abend an den selben Platz. Auf dem Hinweg zum Entladen und zurück zum Beladen, sollten wir nach dem Auslaufen auch Penang nach etlichen Wochen wiedersehen.

Zunächst ging es weiter nach Port Swettenham, etwa auf halbem Wege nach Singapur in der Straße von Malakka liegend. Benannt nach Sir Francis Swettenham, der sich als Jagdbegleiter eines Sultans hervorgetan hatte. Erhöhte Wachsamkeit war angesagt, denn die Straße von Malakka war auch damals schon berüchtigt wegen der Piraten, die nachts die Frachtschiffe enterten und Besatzungen ausraubten. Manche Verbrecherbanden verschleppten Besatzungen und forderten Lösegeld, oder setzten sie aus und brachten sie um. Schiffe wurden „umbenannt" und fuhren unter anderen Namen hohe Gewinne für die neuen „Besitzer" ein. Berüchtigt für Piraterie waren auch die Küste von Ecuador, die Elfenbeinküste, der Golf von Bengalen und vor allem Indonesien mit seinen Tausenden von Inseln, als hervorragendes Versteck für die Ozeangangster. Die Straße von Malakka ist auch sonst ein schwieriges Gewässer. Starke Tide, ständig sich verändernde Wassertiefen sowie Turbulenzen und Strömungen verursacht durch den „Zusammenprall" der Gewässer aus dem Indischen Ozean und dem Südchinesischen Meer, machten dem Rudergänger den Wachdienst schwer.

In Port Swettenham hatten wir einige Tage Zeit, hier feierten wir das Weihnachtsfest. Dafür holten wir einen der Weihnachtsbäume aus der Kühlluke, stellten ihn in der Mannschaftsmesse auf und schmückten ihn liebevoll mit Silberbronze angemalten Rostmaschinensternchen. Nach etlichen Quadratmetern mit der Rostmaschine sind die im Kopf der beweglichen Welle befindlichen Metallsternchen so stumpf, das sie gegen neue ausgetauscht werden müssen.

Diese unbrauchbaren schweren Metallsterne zogen zwar durch ihr Gewicht die Tannenbaumzweige senkrecht nach unten bis die Zweige brachen, es war trotzdem einer der am schönsten und liebevollsten geschmückten Tannenbäume, die ich je sah.

Besonders gutes Weihnachtsessen gab es natürlich auch, und in einem englischen Seemannsheim von Port Swettenham verbrachten wir am Swimmingpool und an der Bar einige angenehme Feiertage. Hier hatte ein chinesischer Barmann eine große Warze an der Wange, aus der ein ca. 10 cm langes Haar als besonderer „Glücksbringer" hervorwuchs, man konnte gar nicht anders, man schaute mehr auf dieses Haar als in in seinen Drink. In einigen Häfen gab es britische Seemannsheime, die mit ihrer guten Ausstattung für Entspannung und Erholung auch von Nichtbriten genutzt wurden.

Hier trafen wir auf zwei etwas mitgenommen aussehende Gestalten, die sich auf die Feiertage überall durchschnorrten. Zwei Deutsche, Berliner, die man heute als „Frühalternative" umschreiben könnte, erzählten uns ihre Schauergeschichte. Ursprünglich waren sie zu viert gewesen und offenbar nur unterwegs, um sich mit „Stoff aus Kabul" einzudecken. Leider nahm die Geschichte keinen glücklichen Verlauf. Amöben-Ruhr in Afghanistan, Cholera in Nepal, weitere exotische Krankheiten in Indien und Malaysia, hatten zwei von ihnen dahingerafft. Trotzdem erzählten sie uns stolz von ihren Aufenthaltsorten. „Da muß man ma jewesen sein", meinten sie. Tot oder lebend?

Zwischendurch fuhren wir mit dem Bus nach Kuala Lumpur und besichtigten einige Sehenswürdigkeiten. Und weil der für Korea bestimmte Jesuiten-Missionar mitfuhr, der sich bisher die ganze Reise zumeist nur faul im Liegestuhl auf dem Bootsdeck geaalt hatte, benahmen wir uns ausnahmsweise besonders anständig. Weiter ging es weiter nach Singapur, dem Singapur alter Prägung. Heute ist Singapur gekennzeichnet von einer imposanten Wolkenkratzer-Skyline, von der damals nur bescheidene Ansätze zu sehen waren. In der ehrgeizig keimfrei gehaltenen Metropole wird heute jede unachtsam weggeworfene Zigarettenkippe mit 500 $ Strafe belegt. Die Einfuhr sowie Verkauf von Kaugummi ist ganz verboten, bzw. nur auf Rezept in der Apotheke erhältlich. Wenn man unsere heutigen total verklebten Innenstädte sieht, schon fast nachvollziehbar. Nichts wird in dieser schönen neuen Welt dem Zufall überlassen. Vor 35 Jahren war Singapur noch das britisch koloniale Armenhaus, und es gab etliche finstere Hafenspelunken, in die man besser nicht allein ging.

Port Swettenham: Weihnachten im Seemannsheim

Landgang in Singapur

Ananashafen Dadijanges Phillipinen

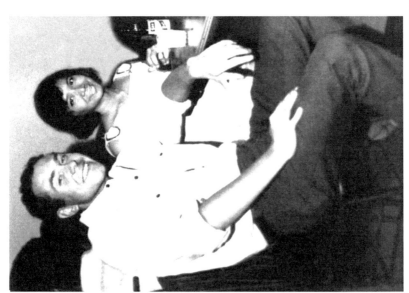

Landgang in Manila

Wer zu spät kommt...

In *Manila* fiel uns auf, daß es kaum Hafenschuppen gab, sämtliche Kisten und Kasten, Baumwollballen u. a. wurden offen auf der Pier gelagert. Was hier wohl los sein mag, wenn ein Taifun darüber hinwegfegt?

Vor Arbeitsbeginn am nächsten Morgen hockten sich die Schauerleute an die Pier wie die Hühner auf den Donnerbalken, streckten ihr blankes Hinterteil in Seeseite und machten gemeinsam zunächst ihr Morgengeschäftchen. Ich staunte nicht schlecht und vermutete, sie übten sich im „Zielschießen" auf die Ratten, die auf der darunter befindlichen schräg angehäuften braun-schwarzen Kante hin und herliefen. Ähnlich mißhandelten die Schauerleute aber auch unsere zwischen Luke drei und vier gelegene Deckshäuschentoilette und machten von diesen für sie ungewohnten Luxusörtchen, anscheinend im Stehen, regen Gebrauch. Allerdings, mit dem Zielen nahmen sie es hier nicht allzu genau. Nur mit Atemschutz und Volldüsen-Dauerstrahl aus dem Deckwaschschlauch konnten wir die unappetitlichen Hinterlassenschaften wieder beseitigen. Von da an hielten wir das Deckshäuschenklo lieber verschlossen und überließen den Schauerleuten ihre gewohnte Kante.

Irgendwann fiel jemandem von uns bei den philippinischen Schauerleuten etwas auf: „Schau mal, der kann doch nicht ganz dicht sein, der läuft bei dieser Affenhitze mit 'ner dicken Pudelmütze herum!" Ein anderer hatte einen wollenen Schal um den Hals, wieder ein anderer kam gar mit einer dicken Winterjacke daher. „Seltsam", meinte ein Matrose, „der da hat einen Parka an, der sieht aus wie meiner!" Und plötzlich dämmerte es allen, unser Bootsmann hatte uns lange genug gewarnt!

In Deutschland war es, als wir ausliefen, noch frostig kalt, entsprechend war die Decksbesatzung gekleidet. Vor der Mannschaftsmesse wurden die Klamotten dann an die Haken gehängt, wobei südgehend bei zunehmender Wärme, immer mehr Kleidungsstücke hängenblieben. Weggeräumt wurde trotz mehrfacher Erinnerung durch den Bootsmann aber nichts. Am Kap der guten Hoffnung hatte er uns wiederholt erinnert, im Indischen Ozean ebenfalls, in der Straße von Malakka und in Singapur auch. Obwohl sonst sehr gutmütig und umgänglich, platzte ihm kurz vor

Manila der Kragen und er polterte: „Wenn ihr bis morgen früh eure scheiß Klamotten immer noch nicht weggeräumt habt, schmeiße ich sie auf Achterdeck, vor Luke vier!" So geschah es, die Philippinos dachten wohl, es wäre nachträgliche Weihnachtsbescherung und bedienten sich fleißig. Auch meinen Parka glaubte ich entfernt noch auf nimmer Wiedersehen davonhuschen zu sehen. Ein Matrose zog einem Schauermann immerhin noch seine Handschuh von den Fingern, das Meiste aber war futsch! Selbst schuld, denn wer zu spät kommt . . . !

Auf Landgang in Manila suchten wir Zerstreuung vom Arbeitsalltag, und der größte Teil der Besatzung traf sich nach Feierabend in den üblichen Lokalitäten. Wir tanzten mit den kleinen Philippinas und tranken spanisches San Miguel Bier, das in Lizenz dort hergestellt wurde. Die Philippinen waren schon so ziemlich von allen besetzt, von den Portugiesen, Spaniern, Japanern, Amerikanern und heute von vielen chinesischen Einwanderern. Wir trafen ältere Leute, die sogar noch Spanisch sprechen konnten und sich freuten, wenn man mit ihnen spanische Bröckchen austauschte. Auch Manila ist heute eine Megametropole geworden, die mit schlimmen Smogproblemen belastet ist. Viele der Mädchen waren arme Teufel, die sich von uns statt alkoholischer Getränke lieber Milch ausgeben ließen, um ihre Mangelernährung zu ergänzen. Wie gut es uns dagegen ging, war uns schon bewußt. Manila und einige Inseln der Philippinen sollten wir auf der Rücktour noch gründlich abgrasen.

Hongkong, der „duftende Hafen" war das nächste Ziel, dort bahnten wir uns den Weg durch viele Dschunken und wurden hier auf Reede weiter ent- und auch schon teilbeladen mit billigen Plastikramsch und Billigklamotten, natürlich Made in Hongkong. Mit ca. 25.000 Einwohnern pro Quadratkilometer gehört sie zu den am dichtesten besiedelten Orten der Erde und trotzdem, für chinesische Verhältnisse, eine relativ kleine Stadt! Wer meint, daß heute „Mexico City" mit ca. 28 Mio. Einwohnern die größte Stadt der Welt sei, irrt! Die fast unbekannte Stadt, *Chongqing* am Yangtze, unweit des „Dreischluchten-Staudamms" hat mit Vororten ca. 31 Mio. Einwohner! Im Hongkonger Hafen kamen mit den Schuten außer den Schauerleuten auch immer etliche „Coca Cola Verkäuferinnen" und Händler mit an Bord, die sich flugs auf dem Schiff verbreiteten und sich ihre Kunden suchten. So konnte es passieren, daß, ehe man in seine eigene Kammer eintrat, zuerst vorsichtig anklopfen mußte, um seinen Bordkollegen nicht mit einer chinesischen „Coca Cola-Verkäuferin" aufzuschrecken, sofern sich überhaupt noch jemand erschrekken ließ.

Besonders lästig waren die hartnäckigen Händler, die ein mögliches Opfer mit ihrem Ramsch bis in den letzten Winkel des Schiffes hinein verfolgten und sich kaum abschütteln ließen, es sei denn, man wurde sehr grob und warf sie über Bord, was auch schon vorgekommen sein soll. Die Chinesen-Kulis bauten in die beiden achternen Süßöltanks Gerüste hinein, die aus Bambusrohren und einer Unmenge von Bändseln zusammengebastelt wurden. Deren Sinn konnte ich aber nicht gleich erfaßen. An Deck wurde nun ein Feuerchen entfacht und in großen Kesseln Wachs verflüssigt. In Pützen abgefüllt, bestrichen dann die Chinesen mit Quasten die rohen Metallwände der Süßöltanks, bis eine gleichmäßige Wachsschicht aufgetragen war. Später wurden diese Tanks mit flüssigem Roh-Latex befüllt, einer sehr wertvollen Ladung, die nicht mit dem blanken Metall in Berührung kommen durfte, daher der Aufwand. Auf dem *Schandeckel* (Geländerkante) saß derweil, in ihrer typischen, von uns Mitteleuropäern nicht nachvollziehbaren Hockstellung, eine Anzahl Chinesen und bemalte mit langen Stielrollen und schwarzer Farbe unsere Außenbordseiten. Ihren Hunger stillten die Tagelöhner, indem sie in Zeitungspapier eingeschlagenen Reis mit Huhn auswickelten, mit Messern aus unserem Stauholz Stäbchen herausschnitten, sich allesamt drum herum hockten und laut schwatzend ihr karges Mahl vertilgten.

Mit dem Ferryboot an Land gebracht, mußte ich zunächst wegen Mittelohrproblemen zum Arzt. Hier in Hongkong bestaunten wir auch die „Zukunft", einen der ersten Containerfrachter der HAPAG, die „Hongkong-Express", das Modernste, was es damals gab. Unser Schiff, als ältlicher Stückgutfrachter, war dagegen wirklich noch von gestern! In den Vierteln „NoHo" und „SoHo", südlich der Hollywood Road war noch das alte Hongkong zu finden. Merkwürdig war die Atmosphäre der Kronkolonie, in den dortigen Tanzschuppen war immer so der Teufel los, als stünde die erst über 30 Jahre spätere Übergabe Hongkongs, kurz bevor.

Papierwände und Geld wie Heu

Nach *Hongkong* war *Kobe* in Japan das nächste Ziel, hier ging es zunächst durch die Taiwan-Straße und entlang der chinesischen Küste. Es stimmt nicht, daß unsere Leute ausschließlich nur an „Dockschwalben" oder „Geishas" interessiert waren. In *Kobe* gingen wir ganz sittsam in ein deutsches Seemannsheim „Stella Maris", das etwas entfernt vom Hafen lag. Dort gab es sogar deutsche Zeitungen, die wir nun schon mehrere Monate nicht mehr gelesen hatten, viel versäumt hatten wir nicht. Wen interessierte schon der „schöne" Kanzler Kiesinger im fernen Deutschland auf den Titelseiten. Viel Zeit verbrachten wir in Kobe nicht, und schon bald liefen wir wieder aus, Richtung *Pusan* in *Korea*. Hier rächte sich nun die Bootsmannsaktion von *Manila*.

In der Brückennock standen wir nun in der Kälte Wache, ohne unsere wärmenden Winterklamotten. Denn so weit im Norden kamen wir wieder in winterliche Gefilde. Ein einziger geretteter Parka macht die Runde durch alle Wachgänger und bewahrte uns wahrscheinlich vor dem elenden Kältetod oder abgefrorenen Gliedmaßen! In *Pusan* angekommen, warfen wir auf Außenreede Anker. Mit dem Ferryboot ging es an Land und durch die strengen Hafenwachen, die uns gründlich kontrollierten und filzten. Der I. Offizier schärfte uns ein, ja um 22.00 Uhr die Ausgangssperre zu beachten, die dann in Kraft tritt, und jeder, der dann noch angetroffen würde, müßte besonders in Korea mit Schwierigkeiten rechnen. Wir hielten uns an diese Empfehlung und kamen erst wieder, als die Ausgangssperre um 6.00 Uhr morgens aufgehoben wurde. Ich glaube, unser I. Offizier hatte das wohl etwas anders gemeint.

An Land fanden wir uns gemeinsam in einer großen Hütte mit unterteilten Papierwänden wieder. In der Mitte des Raumes befand sich ein großer, bullernder Kanonenofen und auf den Holzbänken darum herum saßen etliche Pusanerinnen, die noch nicht den Weg als Krankenschwestern ins gelobte Germany gefunden hatten. Deshalb warteten sie hier auf uns „Pflegebedürftige". Da es bald zu spät war für eine Heimkehr, das Ausgangsverbot schon in Kraft und das Ferryboot unglücklicherweise auch schon weg war, zogen wir uns alsbald nach und nach hinter die verschiedenen Papierwände zurück. Eine angeregte Unterhaltung überspannte noch eine ganze Weile die Papiersichtblenden. „He Langer, was macht deine gerade?" „Weiß auch nicht, die wischt im Moment den Fußboden!" „Meine lernt gerade Englisch aus dem Wörterbuch!" Ein paar Papierwände weiter: „Bei meiner blicke ich überhaupt nicht mehr durch, die legt komische Karten und mault rum, wahrscheinlich war noch nicht die Richtige dabei, oder ich bin der Falsche!" Irgendwann kehrte mehr oder weniger Ruhe hinter den Papierwänden ein. Am nächsten Morgen nach Aufhebung der Ausgangssperre wurden wir noch zu unserem Ferryboot begleitet und es ging zurück an Bord. Während der Beladung wurde die Lukenwache eingeteilt.

Kaohsiung auf Formosa (Taiwan) war die nächste Station. Die dortigen Schuppen waren mit Flaks auf den Dächern bestückt. Überall an den Piers und auf Reede lagen amerikanische Truppentransporter, Kriegsschiffe und Munitionstransporter herum, schließlich war der Vietnamkrieg im vollen Gange. Hier wurden wir auch unsere gefährliche Fracht aus Amsterdam endlich los, Waffen und Munition soll es gewesen sein, aber Genaues erzählte man uns nicht, wahrscheinlich wegen der dann fällig gewesenen Gefahrenzulage! Nervtötend war die ununterbrochene national-chinesische, offenbar antikommunistische Propaganda, die lautstark von den Schuppendächern mit noch nervtötenderer, schriller chinesischer Musik auf uns niederprasselte.

Auf einem amerikanischen Munitionstransporter besuchten wir einen deutschen Matrosen, der uns zu sich an Bord eingeladen hatte. Er verdiente dort für unsere Verhältnisse durch Gefahrenzulage und Überstunden unglaublich viel Geld. Tausende von Dollars hatte er schamhaft in seinem Spind versteckt, wie er uns anhand dicker Dollarbündel demonstrierte. Er sei auch nicht gerade sparsam, könne aber weder alles verbraten noch soviel versaufen. Er meinte, daß seine Ami-Kollegen dafür kein Verständnis haben würden, da sie ihr Geld grundsätzlich mit vollen Händen zum Fenster hinausschmeißen würden, so seien sie nun einmal. Das konnten wir allerdings auch überall da feststellen, wo sich die Amis ausgetobt hatten, dort waren die Preise gründlich versaut! Am nächsten Tag registrierten wir einmal einen ganzen Lastwagen voll von unhandlichem Großramsch, den sich ein Amerikaner offenbar für seine Kellerbar in der Heimat zugelegt hatte. Ja, ja, die Amis, zwar hochtechnisiert, aber trotzdem kein Verhältnis zur Technik und zum Energieverbrauch. Nur ein Vorurteil? Wir haben jedenfalls beobachten können, wie sie dick vereiste Kühlschränke bei den warmen Temperaturen einfach offenließen, offenbar um die „Umgebung zu kühlen".

Wir hielten nicht viel von Souvenirkäufen, denn vieles von den vermeintlichen Schnäppchen, Antiquitäten, Kunstwerken, Seidenkimonos usw., waren nur raffinierte Fälschungen oder schlichter Schund. Die berühmten, filigran geschnitzten „Kugeln in Kugel" aus Elfenbein entpuppten sich als zusammengeklebte, meisterhafte Imitationen aus Plastik und angeblich edle, seidene Tischdecken mit Bommeln, lösten sich nach der ersten Handwäsche auf.

An Bord kam ab und zu ein armes Wesen, welches an „Fressomanie" litt, sicher gibt es hierfür auch eine korrekte medizinische Bezeichnung (Sitiomanie?) Der arme Kerl war nicht wählerisch und fraß alles, was ihm an Eßbarem über den Weg kam, er war dabei aber spindeldürre. Ungeheure Mengen konnte er in sich hineinstopfen. So sammelte ein Besatzungsmitglied einen Plastikeimer voll *Kabelgarn* (Spaghetti), deren Inhalt der ewig Hungrige innerhalb von Minuten komplett in sich hineinstopfte. Merkwürdige Sachen gibt es, im normalen Büroalltag begegnet einem so etwas eher selten.

An Land kamen wir an einer abgelegenen Stelle vorbei, wo verlockende Chinesinnen versuchten uns in ein „Lokal" zu schleusen. Drei von uns konnten der Versuchung nicht widerstehen und wir mußten uns später ihre enttäuschten, bittern Klagen anhören: „Stellt euch vor, das war nur ein Frisiersalon und die haben uns doch tatsächlich nur die Haare geschnitten, noch nicht mal 'ne Massage oder sowas gab's, sauteuer waren die auch noch, so eine Frechheit!!" Nun liefen wir mit Manila erneut den Ort an, der uns unserer Winterbekleidung beraubt hatte.

Der Kondolenzbesuch
Ein Prosit auf die Leiche

Man kann bei den Seeleuten nicht alles nur auf die Verfolgung von „Dockschwalben" konzentriert sehen, an Land waren sie umgekehrt ebenfalls nicht vor Verfolgungen sicher. In Manila verfolgten den tumben Fremdling Händler, Taxifahrer, Kinder, Mädchen und alle, die bei den dümmlichen Dabizis (Langnasen) einen schnellen Philippin-Peso oder Dollar witterten. Die Taxifahrer in ihren bunten Taxi-Jeeps mit Baldachin und Bommeln priesen die Vorzüge der Philippinerinnen in ausgesuchtestem Pidgin-Englisch an: „Come on, come on, twintypipe Pilipin Pesos por poki-pok." Eine übrigens typische Eigenart der Philippinos, denn da sie kein „F" aussprechen konnten, wählten sie dafür ein „P", ähnlich wie die Chinesen mit ihrem „L" für „R".

Für die nächste Zeit fuhren wir durch die aus Tausenden von Inseln bestehende Welt der Philippinen. Außer den größeren Inseln wie Luzon, Sanar und Mindanao, wurde noch eine Reihe von Inseln und Orten angelaufen, von denen wir noch nie etwas gehört hatten. Hier wurden wir vollgepackt mit Ananas, Kopra, Kopra, Ananas, Mandarinorangen usw.. Kopra ist die Bezeichnung für getrocknetes kleingeschnetzeltes Kokosnußfleisch, welches als Schütt- oder Sackgut zugeladen wurde. Das Dörrverfahren erfand übrigens ein Deutscher vor 150 Jahren auf Samoa. Mit dieser Ladung nahmen wir allerdings auch unangenehme „Blinde Passagiere" an Bord, siehe hierzu die nächste Geschichte *„Lästige Untermieter"*. Für das Schüttgut wurden Stützschotten gegen das Verrutschen der Ladung gebaut, wie bereits oben beim Kaffee aus Santos beschrieben.

Ananas wurde in Konservendosen geliefert, die unmittelbar in den auf den Inseln gelegenen Dosenfabriken verpackt wurden. In Bugo, einem Ort, der außer einigen umliegenden Bambushütten praktisch nur aus einer Ananasfabrik bestand, gab es eine hölzerne Pier, an die unser Schiff nur zu etwa ein drittel seiner Länge paßte. Vorn wurden Kopf und Querleinen rübergegeben, achtern an verankerten Bojen vertäut. Kaum festgemacht, löste sich die Besatzung bis auf die Schiffsführung quasi in

Nichts auf. Alles verkrümelte sich mehr oder weniger unauffällig an Land und traf sich zum größten Teil in einer einzigen Hütte wieder. Diese Hütte stand auf Stelzen, die Wände bestanden aus halbierten Bambusstäben und das Dach aus Palmzweigen. Ein „Empfangskomitee", bestehend aus Papa-Son und seinen „Arbeitnehmerinnen", spielte mittels eines Grammophons sogleich zum Tanz auf und bewirtete und versorgte uns mit kühlen Getränken. Es gab hier, nicht selbstverständlich in dieser Inselwelt, sogar elektrischen Strom, den Bugo der Ananasfabrik zu verdanken hatte. Erst spät in der Nacht verteilten sich die ermüdeten Seeleute mitsamt Anhang in die umliegenden Hütten.

Die heimischen Schauerleute mühten sich derweil in der Nacht mit unserem Ladegeschirr, um unsere Luken mit etlichen Ananaskartons zu füllen. Am nächsten Vormittag mußten der I. Offizier und der Bootsmann sämtliche Hütten einzeln „abklopfen", um die Besatzung wieder an Bord zusammenzutrommeln. Das geschah, indem sie gegen die Bambuswände traten bis die Hütte wackelte, denn ohne Besatzung konnte man schwerlich auslaufen! Nun liefen wir Dadijanges (richtige Schreibweise?) an, hier lagen wir unweit auf Reede. Hübsche Mädchen in Kanus mit Seitenausleger paddelten längsseits, wir legten in Körbchen Dollarnoten und zogen sie mit exotischen Früchten vollbepackt wieder hoch und kamen uns vor wie auf Tahiti. In diesem Örtchen luden wir Kopra, die getrockneten Kokosnußschnipsel, aus denen Margarine, Fett und Öl hergestellt werden. Einheimische kletterten für uns ohne jegliche Hilfsmittel barfuß die hohen Kokospalmen hinauf und warfen einige Kokosnüsse hinunter. Dann hackten sie die harten Dinger mit der Machete auf, indem sie sie frei in der Hand drehten. Ich hatte Angst um meine Finger, darum habe ich es lieber nicht selbst probiert! Man zeigte uns sogar, wie man die harten Dinger mit der bloßen Hand knackt. Ansonsten, Kokosnuss in die Linke, Hammer in die Rechte und längs des „Äquators" draufklopfen, bis sie zerbricht um dann die Kokosnußmilch zu schlürfen.

In Dadijanges gab es ähnliche Hütten wie in Bugo, wo sich viele von uns mit den zierlichen Einheimischen sofort anfreundeten. Mit einem hübschen „Mädchen" auf dem Schoß kreischte einer von uns plötzlich überrascht auf: „Das gibt's nicht, das ist ja'n Kerl!" Auch einige andere prüften sofort nach und wurden zum Teil „fündig". Wirklich täuschend mädchenähnlich, die zierlichen Plagiate. Damit hatten wir nicht gerechnet, denn schließlich waren wir hoffnungslos „normale", chauvinistische, stinkaltmodische Heteros!

Der „Lange", „Häuptling", der Decksjunge und ich erkundeten noch ein wenig die Umgebung. Wir schlenderten die „Hauptverkehrswege" des Örtchens entlang, die auf kleinen Stelzen befestigten Holzbrettern durch das Dickicht führten, bis wir auf einen befestigten Weg kamen. Etwas entfernt konnten wir ein Licht erkennen und gingen darauf zu. Eine Hütte mit einer Veranda und einigen Mädchen war bald auszumachen, und der Lange meinte: „Oh, da gehen wir rein, das ist 'ne Pinte!" Die Mädchen grinsten verlegen, verschwanden in der Hütte und wir folgten ihnen. Drinnen im Halbdunkeln saßen einige weitere Philippinos an den Tischen, begrüßten uns stumm und brachten uns auf unseren Wunsch hin ein paar verstaubte Flaschen Bier. Eine merkwürdige, schweigsame Atmosphäre, bis Leichtmatrose Häuptling meinte: „Wißt ihr, wo wir hier gelandet sind, schaut euch mal vorsichtig um!" An der Rückfront stand im Licht einer Petroleumlampe ein halboffener Sarg, drinnen lag ein Toter mit einem Kopfverband. Peinlich berührt erhoben wir uns spontan, legten auf den unteren geschlossenen Teil des Sarges jeder ein paar Dollarnoten zu den übrigen Scheinen, die dort schon lagen, und verabschiedeten uns höflich unter Beileidsbekundungen. Nein, unser Bier hatten wir nicht vergessen, das wurde aus Höflichkeit natürlich noch schnell ausgetrunken! Wir hatten genug vom Landgang und eilten zurück an Bord. Im Dunkeln über die glitschigen Bretter kein leichter Heimweg.

Singapur war unser nächstes Ziel, wo wir zum chinesischen Neujahrsfest ankamen. Die Ladenpassagen und Straßen waren vollgehängt mit Girlanden von Knallschlangen, den Chinakrachern, die alle auf einmal gezündet wurden, um die bösen Geister des alten Jahres geräuschvoll abzuschrecken. Die Erstickungsanfälle der Langnasen in den Rauchschwaden fanden die Einheimischen offenbar besonders lustig. Die Endbeladung war in Port Swettenham und Penang, wo wir nach Besuch des damals allerdings noch menschenleeren Touristenstrandes die letzten Stunden vor der langen Rückfahrt verbrachten.

Lästige Untermieter

Die Rückfahrt war wie die Hinfahrt, endlos lang. Von den Philippinen hatten wir lästige Souvenirs mitgebracht, die erst nach und nach in Erscheinung traten. Kleine Krabbeltiere, Marienkäfern nicht unähnlich, allerdings nur mit einem großen schwarzen Punkt, also komplett schwarz! Es handelte sich um sogenannte Koprakäfer, die sich hauptsächlich in dem Sackgut bei den getrockneten Kokosnußkrümeln heimisch fühlten. In den Luken, bei reichlich Futter und steigenden Wärmegraden hatten sie offenbar ideale Bedingungen und vermehrten sich prächtig.

Das Offiziersbaby (Offiziersanwärter), der regelmäßig in den Luken die Temperaturen messen mußte, eine automatische Anzeige auf der Brücke gab es bei uns noch nicht, vermummelte sich mit Parka, Kapuze, Handschuhen und Gesichtstuch. Dann stieg er bei über +50° C in die Luken hinab, nahm die Temperaturen und flüchtete schnellstens wieder nach oben, nicht ohne dabei einen großen Schwarm schwarzer kleiner Monster durch das Deckshäuschenschott in die Freiheit zu entlassen.

Solange stetiger Wind herrschte, war das nicht weiter tragisch, die kleinen Ungeheuer wurden rasch davon geweht, die enorme Vermehrungsrate glich den Verlust aber umgehend wieder aus. Aber Wind ist nicht gleich Wind. Bei achterlichem Wind, der in fast der gleichen Schiffsgeschwindigkeit wehte, herrschte für uns relative Windstille und somit konnten sich die an sich hübsch anzusehenden kleinen Käferchen alsbald überall auf dem ganzen Schiff verbreiten. Sie kamen aus allen Ritzen und Lüftungen, drangen in die Kombüse, gelangten ins Essen und natürlich in unsere Kammern, krabbelten in den Kojen herum und störten unsere Nachtruhe. Einige bissen und zwackten sogar, vermutlich aggressive Weibchen, Emanzen, die keine Seeleute mochten.

Farbe malen konnten wir vergessen, im Nu war alles übersät mit kleinen schwarzen Punkten. Es war schon eine arge Plage, die sich erst legte, als wir Wochen später ins Mittelmeer gelangten und es zu kalt für die kleinen Lästlinge wurde. Hoffentlich sind nicht allzu viele der Dahingeschiedenen mit der Kopra, die mit bis zu 70% Fett und viel ungesättigten Fettsäuren angereichert sind, zu Margarine, Öl oder Seife verarbeitet worden. Falls also jemand kleine undefinierbare schwarze Krümel in seiner Margarine entdecken sollte, . . .!

Außer den Käfern umfuhren wir ohne besondere Ereignisse von Ost nach West das Kap der guten Hoffnung und die Richtung änderte sich in stetigem Nordkurs. Nach Las Palmas erfolgte die Durchfahrt durch die Straße von Gibraltar, das nächste Ziel war Genua. Beeindruckend war das Meeresleuchten bei Dunkelheit im Mittelmeer, wobei erhöhte Aufmerksamkeit durch den Ausguck in der Brückennock gefordert war. Hervorgerufen wurde dieses Naturschauspiel durch fluoreszierendes Plankton. Lichter anderer Schiffe waren nur sehr schwer auszumachen. In Genua setzten wir einige Passagiere ab und wurden teilentladen. Wir bedauerten die armen Dockschwalben, die sich bei der Kälte die Hände über leeren Benzinfässern an offenen Feuerchen wärmten und nur darauf warteten, uns von ihrer Restwärme etwas abzugeben. Nun wurde in Marseille noch ein Teil entladen, man warnte uns aber ausdrücklich, beim Landgang besonders vorsichtig zu sein, denn Marseille war ein berüchtigtes heißes Pflaster. Rotterdam, Antwerpen, Bremerhaven und Hamburg waren unsere letzten Ziele.

Nach fast sechs Monaten war nun unsere Reise zu Ende, ca.30.000 Seemeilen, also etwa 55.000 km, hatten wir hinter uns gebracht. Der größte Teil der Besatzung, so auch ich, musterte ab und ging in den wohlverdienten Urlaub. Einige Wochen blieb ich Zuhause und verbrachte anschließend zur Überbrückung noch eine Woche als Urlaubsvertretung auf der „MS Siegstein" vom Norddeutschen Lloyd, ihr Fahrtgebiet war Zentralamerika, hauptsächlich Mexiko. Diese „Siegstein" war ein baugleiches Schwesterschiff der MS „Wiedstein", siehe hierzu nachfolgendes Kapitel.

V. Kapitel

Die Wiedstein
Der Klabautermann fuhr mit

Nein, es ist noch nicht zu Ende, noch'n Schiff! Falls Sie noch nicht das Interesse verloren haben, hier einige technische Details über die „MS Wiedstein". 1959 wurde dieser 4.995 *BRT* = 6.725 *tdw* große Stückgutfrachter in der Vulkanwerft Bremen gebaut. Die Reederei war der Norddeutsche Lloyd und der Heimathafen Bremen. 14 Knoten lief das 126 m lange und 16 m breite Schiff und hatte einen Tiefgang von knapp 7 m. Dieses relativ kleine Schiff fuhr im regelmäßigem Dienst die Strecke Zentralamerika, Pazifikküste und wie üblich war der Ausgangspunkt Bremerhaven zur Beladung. Stückgut aus Deutschland im Austausch gegen in Zentralamerika landestypische Produkte, wie Roh-Kakaobohnen in 120 kg-Säcken, oder den ausgezeichneten Spitzenkaffee aus dem Nicaraguanischen Hochland usw..

In Rotterdam mußte ich wegen auftretender Zahnschmerzen zum Zahnarzt. Der schüttelte bedenklich den Kopf, als ich ihm sagte, daß wir bereits morgen auslaufen würden. Er meinte, das sei wohl eine Wurzelhautentzündung und im Moment könne er nichts weiter tun, als den Zahn aufzubohren. Er gab mir eine Gurgellösung mit und die Empfehlung, das Loch anschließend mit einem Kaugummi zu verstopfen. Ein guter Vorschlag, nur leider half er nicht. An Bord gab es nun einmal keinen Arzt, erst recht keinen Zahnarzt, und so wurde mein böser Zahn immer böser und meine Backe immer dicker. Hinzu kam, daß durch das entzündliche Gewebewasser mein rechtes Auge auch noch dick anschwoll und wunderschön blau und violett wurde.

Nachdem wir die immer bewegte Biskaya hinter uns gelassen hatten, umkreiste mich unser Kapitän und meinte angesichts meiner unförmig angeschwollen Backe: „Tje min Jung, wenn dat mit dir nicht besser werd, schmeißen wir dich bei Madeira über Bord!" Das half augenblicklich, die Backe wurde etwas dünner, die Schmerzen erträglicher und ich wurde zum Glück nicht zu Fischfutter!

MS „Wiedstein" - Nordd. Lloyd, Bremen

Der Panamakanal mit der Schleuse Miraflores

Ein schwerer Sturm, der bei den Azoren über uns herfiel, zwang uns, längs des Oberdecks Strecktaue zur Sicherheit zu spannen und alles zu verschalken, was nicht niet- und nagelfest war. Inmitten schwarzen Gewölks und kochender See, wurden wir auf dem wild stampfenden Schiff arg durchgeschüttelt und mir wurde erstmals seit Landungsbootszeiten wieder äußerst schwummerig in der Magengegend. Unser Floß zum Außenbords-Malen riß sich los, raste wie wildgeworden an Oberdeck hin und her und wurde total zerschmettert. Der anschließende Neubau durch unseren Schiffszimmermann mit feuchtfröhlicher Einweihung brachte etwas Abwechslung in unseren Bordalltag. Für einen Matrosen namens Hans, ein willkommener Anlaß, seinen „normalen" Dauer-Alkoholpegel etwas zu erhöhen und wieder einmal die nächsten zwei Tage im Koma zu verbringen.

Vor der Kanalzone bei den Hafenstädten *Christobal* und *Colon* (Christoph Kolumbus) lagen bei unserer Ankunft bereits ca. 50 Schiffe und warteten auf die Kanalpassage. Ca. 1 ½ Tage sollte die Wartezeit betragen. Die Zeit nutzten wir zum Landgang und ich insbesondere zum längst fälligen Zahnarztbesuch. Ein Ferryboot brachte uns an Land, es dauerte nicht lange und ich war meinen Quälgeist los, ich glaube, alles ohne Betäubung.

Gegen meine Schmerzen halfen mir meine lieben, fürsorgenden Bordkollegen später reichlich mit diversen „Betäubungsmitteln" in Form von heimischem Aquadente (Zahnwasser), Zuckerrohrfusel, und dem Erfolg, daß sich die Schmerzen am nächsten Tag mehr unter die Schädeldecke verlagerten. Wie ich wieder an Bord gekommen bin, weiß ich nicht mehr, meinen „Filmriß" von damals konnte ich bis heute nicht rekonstruieren. Schon bald hieß es: „Klar vorn und achtern, hiev op den Anker", und die erste Schleuse des Kanals erwartete uns.

Der Panamakanal
Planschbecken und Kaugummi

Der 1. Januar 2000 bedeutete das Ende der amerikanischen Vorherrschaft über den Panamakanal, seitdem steht er unter der langersehnten Kontrolle Panamas. Unter der Federführung Frankreichs wurde bereits 1881 mit dem Bau des Kanals durch den Erbauer des Suezkanals, Ferdinand de Lesseps, begonnen. Beim Bau auf 60 km reiner Kanalstrecke soll es auf jeden Meter einen Toten, also ca. 60.000 Opfer gegeben haben, hauptsächlich durch Gelbfieber und Malaria. Die Schwierigkeiten waren gewaltig, 120 Mio. Kubikmeter Gestein und Erdreich mußten ausgehoben werden, doppelt soviel, wie ursprünglich geschätzt. Die veranschlagten Kosten in Höhe von 1,2 Milliarden Francs wurden erheblich überschritten.

Am Gaillard-Cut mußte auf einer Länge von 14 km ein ganzer Felsen weggesprengt werden. Auch der übrige Teil der Streckenführung war zum größten Teil aus gewachsenen Felsen. Hinzu kamen tropische Regengüsse, die die Baugruben immer wieder mit Geröll und Schlamm verschütteten, und die enorme Zahl der Todesopfer. Die Schwierigkeiten nahmen kein Ende, und so kam es, wie es kommen mußte, die französische Gesellschaft ging Pleite. Viele hoffnungsfrohe Klein- und Großaktionäre verloren damit ihr Geld. Im Jahre 1889 wurde die „Compagnie Universelle" liquidiert. Trotzdem steht Ferdinand de Lesseps Denkmal in Panama City. Die USA hatten große politische und wirtschaftliche Interessen an der Kanalzone. Unter massivem Einfluß der Panama Lobby im US-Kongress wurde Panama von Kolumbien abgetrennt und eine Zone an beiden Seiten des Kanals unter die Verwaltung der USA gestellt. Daher hatten wir jetzt auch die amerikanische Gastlandflagge bei der Durchquerung des Kanals getopt.

Die Fertigstellung des Kanals dauerte noch von 1903 bis 1914 und kostete weitere 390 Mio. Dollar. Aber ohne die gleichzeitige erfolgreiche Bekämpfung der Fiebermücken wäre auch das nicht möglich gewesen. Der mittlerweile 90 Jahre alte Kanal soll durch eine neue Atlantik-Pazifik Verbindung im südlichen Nicaragua abgelöst werden, da er für die neuen

„Post-Panamax" Containerschiffe nicht mehr geeignet ist. Drei mögliche Varianten werden erwogen, die Kosten werden auf ca. 25 Milliarden Dollar geschätzt. Allerdings stoßen die Pläne bei Umweltschutzverbänden, wegen der Vernichtung von großen Urwaldflächen und den notwendigen Flußregulierungen, auf harsche Kritik.

Nun machten wir in der ersten von drei hintereinander liegenden Schleusen fest, mit jeweils einem Hub von 9 m. Sie waren notwendig, um den Höhenunterschied zu den im Landesinneren liegenden Binnenseen und den beiden Ozeanen zu überwinden. Bis zu 200.000 Tonnen aus großen Stauseen wurden pro Schleusenfüllung benötigt, die häufigen tropischen Regenfälle sorgten für ausreichenden Nachschub, aber wie man hört, reicht das für heutige Verhältnisse schon nicht mehr aus. Unser tüchtiger Schiffszimmermann hatte schon vor der Durchfahrt aus hölzernen Lukenbrettern einen sehr stabilen „Swimmingpool" auf Achterdeck gebaut, der nun im Kanal mit Süßwasser befüllt werden konnte. Natürlich war auch hier eine feuchtfröhliche Einweihung fällig, bevor das erste von vielen Erfrischungsplanschbädern genommen werden konnte.

Vier kleine Diesselloks bugsierten unsere „Wiedstein" vorsichtig in Position, ehe der Schleusenhub begann. Die Schleusenkammern sind über 300 m lang und fast 34 m breit. Eines der größten Schiffe, welches später durch den Kanal fuhr, war die „Queen Elizabeth II.", bei ihr waren an den Seiten nur 1,50 m und in der Länge gerade noch 9 m Platz. Die Passage kostete damals 1 Dollar pro ts und lohnte sich durch die Zeitersparnis über die Magellan-Route allemal.

Ich war der „Glückliche", der die erste Wache am „Paddel" stehen und durch den Kanal kurven mußte. 1 ½ Tage (und Nächte) hatte ich mich schon in „Bewegung" halten müssen. Trotz meines Brummküsels vom Vortag und meiner „Zahnlücken" Schmerzen war äußerste Konzentration erforderlich. Man muß die Bewegungen des Schiffes im Voraus erahnen und schon reagieren, ehe es zeitlich versetzt auf das Ruder anspricht. Auch der amerikanische Lotse machte dem Rudergänger nicht gerade das Leben leichter, es sei denn, er hätte vorher den Kaugummi aus dem Mund genommen. Zwischen dem Kommando „hard port" und „umpf mumpf" besteht schon ein leichter Unterschied, besonders wenn der eigene Kopf noch dröhnt wie eine Glocke. Einen Hörfehler konnte man sich aber nicht leisten, die Uferböschung war zu nah.

Nach 4 Stunden war meine Wache zu Ende und der Nächste machte weiter. Die Strecke führte, dem alten Flußlauf folgend durch den aufgestauten Gatun-See, sowie einen Teil der Kanalstrecke durch den Miraflores-See mit den Schleusen am Ein- und Ausgang. Eine komplizierte Wegstrecke, denn vom Atlantik führt zunächst der Kanal von Nord nach Süd. Weiter geht es nach Südost bis zum Ausgang im Pazifik. An dieser Stelle macht die Landbrücke zwischen Nord- und Südamerika einen Bogen, so daß Schiffe wie wir, die vom Osten nach dem Westen wollten, einen Teil des Weges sogar ostwärts fahren müssen! Nach Passieren der letzten Miraflores-Schleuse unterfuhren wir bald die 1962 erbaute Thatcher-Ferry-Brücke mit der Panamerikanischen „Traumstraße der Welt", worüber sich heutzutage eine endlose Verkehrslawine quält. Jetzt waren wir nicht mehr weit vom Pazifischen Ozean entfernt, und nun erst begann der eigentliche Zweck unserer Reise. Ca. 10 Stunden benötigt ein Schiff für die Kanalpassage. An Schlaf war bis zu meiner nächsten Wache immer noch nicht zu denken, und erst früh Morgens sank ich „bewußtlos" in die Koje, bis zum Wecken um 7.30 Uhr. Immer noch total übermüdet, knallte ich unachtsam mit dem Kopf an einen oberen Lukenrand und sank darnieder. Natürlich, das war er wieder, der Klabautermann!

Als ich wieder erwachte, war der 3. Offizier dabei, mir das Blut aus dem Gesicht zu wischen. Auf die klaffende Wunde wollte er mir ein Klammerpflaster pappen, wozu er gedachte, mir die Haare abzuschneiden, was ich erfolgreich verhindern konnte. Schließlich wollte ich beim Landgang ja niemanden abschrecken. So klebte er mir also von einem Ohr zum anderen mehrere Heftpflasterstreifen quer über den Kopf und Haarschopf um meine Kopfschwarte zusammen zuhalten. Heute allerdings befindet sich auf meinem Kopf an der besagten Stelle nur noch sehr wenig von meiner damaligen Haarpracht, so daß ein Klammerpflaster sicher besser halten würde.

In den Kesseln, da fehlte das Wasser

Der Lotse verließ uns über die Jacobsleiter nach Außenbords und wurde mit einem Lotsenboot abgeholt. Bei Seegang keine leichte Aufgabe, da hat schon so mancher seine Rente gar nicht mehr erreicht! Heutzutage werden Lotsen teilweise sogar schon von Hubschraubern abgeseilt und abgeholt.

Hunderte von riesigen gelben Schmetterlingen tummelten sich plötzlich auf unserem Schiff und versetzten einen unserer Meßbüttel in helle Aufregung und hektisches Jagdfieber. Als Insektensammler jagte er zu unserem Gaudi mit einem Schmetterlingsnetz auf dem Oberdeck herum, um dann seine Opfer in einem Glasfläschchen mit Zyankalidämpfen ins Jenseits zu befördern. Anschließend spießte er die Leichen stolz zu seiner Sammlung. Nachdem noch ein letztes Mal bei dem Archípelo de las Perlas im Golf von Panama ein Geschwader von Pelikanen am Schiff vorbei segelte, ging es nunmehr um die Panamesische Halbinsel Azuero und die Punta Mariato nur noch in Richtung NNO.

Der erste Hafen war Punta Arenas in Costa Rica, hier wurde, wie gehabt, auf dem Hinweg ein Teil der Ladung entladen. Es war so schwül, daß wir in den Kammern nachts kaum schlafen konnten, denn auf der „Wiedstein" gab es, anders als auf der „Cap San Diego", keine Klimaanlage. In die Bullaugen wurden deshalb *Windhutzen* hinausgehängt, die ein wenig Fahrtwind einfangen konnten. Sehr gerne schlugen wir aber bei ruhiger See und schönem Wetter zwischen den Luken und Deckshäuschen unsere Hängematten auf und ließen uns bei Sternengefunkel und säuselnden lauen Wind sanft in den Schlaf schaukeln, da war sie wieder, die Seefahrtsromantik!

Weniger romantisch war der Matrose Hans, den ich oben schon kurz erwähnte. Er war während der gesamten Reise nicht einen einzigen Tag nüchtern! Man sah es ihm an, lange würde er sicher nicht mehr machen. Fahle Haut, eingefallene Wangen gelbliches Augenweiß waren keine guten Zeichen. Da er alles trank, was nach Alkohol roch, waren seine Gehirnzellen offenbar auch schon arg in Mitleidenschaft gezogen. Seine Kammertür war stets offen, und jeder der daran vorbei ging, mußte sich darauf gefaßt machen als Zielscheibe durch seine leere Flaschenbatterie mißbraucht zu werden. Dem konnte man nur entgehen, indem man einen kleinen Umweg durch einen anderen Gang machte oder vor der Kammertür kurz verhielt, den Wurf abwartete und dann vorbei hechtete. Mitunter half auch der Ruf: „He Hans, wart' mal, willst du'n Bier?" Es war schon sehr lästig, z. B. beim Festmachen, wo auf der Back oder am Heck jeder Mann gebraucht wurde, und Hans wieder einmal duhn in der Koje lag. Alkohol spielte bei der Seefahrt immer und überall eine Rolle, einen reinen Abstinenzler habe ich hier kaum kennengelernt und wenn, erschien er uns höchst verdächtig. Drogen und andere Rauschmittel waren damals nicht üblich, höchstens in Form von Kopfschmerztabletten. Vielleicht kennen Sie die Geschichte, in der der Kapitän ins Logbuch schrieb: „Der I. Offizier war heute duhn!" Aus Rache schrieb darauf am nächsten Tag der I. Offizier als besonderes Ereignis ins Logbuch: „Kapitän Müller war heute nüchtern!"

In Nicaragua liefen wir die Häfen San Juan del Sur und Corinto an, hier bin ich beim Außenbords malen auf einer Prahm mit einem Sonnenstich leicht aus den Sandalen gekippt. Im Waschraum abgekühlt, Schatten, ein kühles Bier, und es ging schon wieder. Ausgerechnet von einem Maschinisten war bekannt, daß er nicht richtig schwitzen konnte, die Folge war, daß er ab und zu überhitzt an Oberdeck gezogen und abgekühlt werden mußte.

In der Bahia Fonseca vor Amapala in Honduras lagen wir auf Reede und warteten auf Ladung. Eine umfangreiche Lieferung von wertvollen Edelhölzern aus dem Sägewerk der Hauptstadt Tegucigalpa war angekündigt. Und dabei blieb es! Wir lagen und lagen tagelang, aber nichts geschah. Da diese Edelhölzer jedoch einen großen Teil der Ladung ausmachen sollten, einen hohen Wert hatten und kein Ersatz in Sicht war, hatten wir grünes Licht von der Reederei zu warten. Heutzutage undenkbar so etwas. Auf die Stunde genau wird heute die Beladung eines Schiffes mit den 20 oder 40 Fuß langen Container zu Tausenden in einer komplizierten logistischen Berechnung genauestens vorausgeplant. Etwa wie eine Art mehrstöckiges 3-D Puzzle mit 20-Tonnen-Blechkisten. Die Liegezeit des Schiffes kostet die Reederei bis zu 40.000 Euro am Tag.

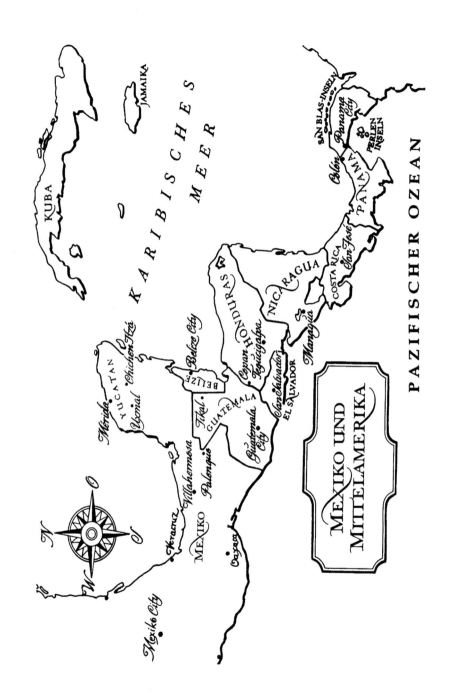

Amapala/ Honduras, die Wiedstein auf Reede

Frischwassernot und Regenwasserlenzen

Bei großer Schwüle gingen wir öfters an Land und schützten uns bei Regen, es war immer noch Regenzeit, durch eine lange Rolle Plastikplane, unter der im Gänsemarsch an die zwanzig Mann laut singend bzw. grölend die einzige Kneipe im Ort überrannten. Der Wirt konnte kaum soviel Bier ranschaffen, wie unsere durstigen Kehlen verlangten. Auch Ausflüge ins Landesinnere mit gecharterten Bussen wurden unternommen, so u. a. nach Tegucigalpa. Hier besichtigten wir das säumige Sägewerk und fuhren auf einen ca. 1.000 m hohen Berg, zu dessen Füßen sich die Hauptstadt erstreckte. Damals war außer dem Regierungsgebäude kaum ein Haus höher als drei Stockwerke, die meisten anderen Gebäude an den Rändern der Stadt bestanden aus Wellblech. Die Flugzeuge, die in Tegucigalpa landeten, fürchteten den engen, spiralförmigen Anflug auf den Flughafen, in dem von hohen Bergen umgebenen Tal. Der dortige Flughafen war mindestens genauso berüchtigt wie der ehemalige Kai Tak Flughafen in Hongkong, wo beim Start und der Landung schon einmal Wäscheleinen mit Unterhosen im Fahrwerk hängen blieben. Zum Ausflugsprogramm gehörte auch der Besuch einiger historischer Stätten der früheren Azteken.

Zurück in Amapala ging uns langsam das Frischwasser aus, da die Mündung des Flusses, in der wir auf Reede lagen, mit sehr viel Schwebstoffen angereichert war. Die Filter unserer Verdampferanlage, die normalerweise aus Seewasser Brauch- und Frischwasser gewann, waren permanent verstopft und brachte unsere Wasserversorgung zum Erliegen. Duschen, Deckwaschen, Zeugwäsche und andere Verplempereien wurden untersagt, nur noch zum Rasieren, für die Kombüse und die Maschine war Wasser da, aber das reichte nicht. Die Regenzeit nutzend, spannten wir große Kaffeekleider (Segeltuchpersenninge) zwischen Ladebäumen und Stangen, befestigten in der Mitte Schläuche, die das Naß in die Tanks leiten sollten. Tatsächlich gewannen wir so bis zu 50 t frisches Regenwasser, wobei die Persenninge mitunter unter dem Gewicht der Wassermassen zusammenbrachen und die Reste mit der Handpumpe gelenzt werden mußten. Endlich, nach fast eineinhalb Wochen kam unsere Edelholzladung aus Tegucigalpa und wir konnten wieder hinaus, froh, dieses elende Kaff hinter uns zu lassen.

Irgendwie stand der nächste Hafen La Union in El Salvador, wo wir Kupferbarren laden sollten, unter keinem besonders guten Stern. Vor dem Einlaufen wollte ich aus der Koje steigen, doch ein Knie war plötzlich äußerst schmerzhaft, unförmig angeschwollen und das Bein war nicht mehr krumm zu machen. Sonst gewöhnlich aus der oberen Koje mehr oder weniger mit leichtem Schwung und Sprung, wurde es jetzt mit dem Holzbein ein Akt, der nur mit Hilfe meines Zimmergenossen zu bewältigen war. Zum Festmachen am Achterdeck war ich nicht mehr zu gebrauchen. Hans war duhn wie gewöhnlich, sowieso nicht einsetzbar, und so wurde statt dessen der Wachrudergänger nach Achtern abgerufen und ich zum „Gefechtsrudergänger" bestellt. Man stellte mir einen Stuhl und Hocker vor das Ruder, damit ich meinen unbrauchbaren Huf hochlegen konnte. Nach den Kommandos des Lotsen und des Wachoffiziers legte sich so das Schiff an die Pier und es wurde festgemacht. Der Arzt in La Union meinte, daß mich da wohl irgendein giftiges Insekt, vielleicht sogar ein „Skorpion", gestochen haben könnte und gab mir eine Spritze. Skorpion! Der wollte mich bestimmt veralbern, ich denke, dann hätte ich bestimmt nie wieder ein Bein krumm gemacht!

Bereits am nächsten Tag ging die Schwellung allmählich zurück und wenig später konnte ich wieder fast normal laufen. Wir haben zwar die Kammer auf den Kopf gestellt, aber von einem Giftgetier war, außer einigen Kakerlaken keine Spur, mir rätselhaft bis heute.

Spezialdisziplin: „Achteraussegeln"

Vor dem Schott im Kreuzgang in Richtung Gangway stand gelegentlich ein Korb mit „Gummitütchen" zur freien Bedienung, um die Gefahren für leichtsinnige Landgänger etwas abzumildern. Auf einer kleinen Schiefertafel an der Gangway wurde gewöhnlich der Auslaufzeitpunkt des Schiffes angeschrieben, damit niemand sagen konnte, er habe von nichts gewußt. 22.00 Uhr stand nun an der Tafel und alle waren nach dem Landgang auch brav und pünktlich wieder an Bord. So gut wie nie aber wurde dieser angegebene Zeitpunkt auch eingehalten, um Stunden, ja Tage konnte sich das Auslaufen gewöhnlich verzögern, so auch dieses Mal. 5.00 Uhr morgens zeigte jetzt der neue Schriftzug. Der Zimmermann, Bäcker, ich und einige andere verspürten noch keinen Drang in unsere Koje und gingen zurück an Land. Wir verloren uns nach und nach aus den Augen, da jeder mit wichtigeren Sachen beschäftigt war (Carmen, Maria und wie sie alle hießen). Am nächsten Morgen wachte ich auf, ich weiß nicht mehr wo, dafür fiel mir siedend heiß unser Schiff ein, und ich eilte zum ca. 3 km entfernten Hafen hinunter. Vorher unkte meine Bekanntschaft, ich könne ruhig wieder zurückkommen, falls mein Schiff weg sein sollte, ich war wenig amüsiert. Meine Uhr hatte in der feuchten Luft schon seit Tagen den Geist aufgegeben, ich schätzte es mittlerweile aber auf ca. 5.30 Uhr.

Im Hafen von La Union dann der Schock, mein Schiff war weg, „Achteraussegeln" nennt man diesen Vorgang in Seemannskreisen. Entgegen aller Gewohnheiten war die „Wiedstein" dieses Mal pünktlich ausgelaufen, von Schauerleuten erfuhr ich, daß das Schiff noch mehrere Male das Typhon nach dem vermißten Sohn erschallen ließ. Aber offenbar nicht laut und lange genug, um ihn aus dem tiefen Erschöpfungsschlaf zu reißen. 6.30 Uhr war es mittlerweile, über eine Stunde war das Schiff schon weg, fast hätte ich den *„blauen Peter"* und die „Schlußlichter" noch sehen können.

Somit war ich ein Opfer meiner eigenen sorglosen, jugendlichen, leichtsinnigen Unbekümmertheit geworden. Oder anders ausgedrückt, ein Fall von typischer „Hormonverblödung".

Ich hatte gehört, daß in solchen Fällen die Papiere des Säumigen umgehend zur Agenturzentrale in die betreffende Hauptstadt geschickt werden. Daher war mein erster Gedanke, irgendwie nach San Salvador zu kommen, um mich bei der Agentur der Reederei zu melden, die für das Management der Be- und Entladung und Geschäftsabwicklung zuständig ist. Geld hatte ich keines mehr, nur noch wenige feuchte Zigaretten, und so gedachte ich zur Hauptstadt San Salvador zu trampen, die ca. 150 km entfernt war. Ich erinnerte mich an die „alternativen" Abenteurer aus Port Swettenham und mir grauste vor den möglichen Folgen. Viele Wege führen nach Rom bzw. nach San Salvador, dachte ich, und so klemmte ich mich in ein Bremserhäuschen einer offensichtlich vollbeladenen Güterlok die, wie ich vermutete, bestimmt in die Hauptstadt fahren würde. Sie setzte sich auch bald in Bewegung und ich konnte nur hoffen, daß ich mich nicht geirrt hatte.

Das Angebot meiner Bekanntschaft, zurückzukommen, habe ich lieber nicht angenommen, ich weiß auch nicht, ob ich sie auf den verschlungenen Pfaden jemals wiedergefunden hätte. Nach vielen Pausen und endloser Kriecherei kam der Güterzug endlich am späten Nachmittag in San Salvador an, ich fragte mich mit Händen und Füßen auch tatsächlich bis zur Agentur durch, die aber schon geschlossen hatte. Den Abend schnorrte ich mich mit meiner Geschichte in einer Kneipe durch, wo ich etwas zu essen und für die Nacht eine Hängematte im Hof bekam. Am nächsten Morgen suchte ich ziemlich abgerissen unsere Agentur auf, die über mein kleines „Malheur" schon informiert war. Dorthin hatte man per Kurier bereits meinen Reisepaß und andere Papiere zugesandt.

Man versorgte mich mit Visum, Dollars und Flugtickets nach Guatemala City und besorgte mir eine Pension, die von einem Deutschen geführt wurde. Ohne diese fürsorgliche Agentur wäre ich sicherlich elend auf den „Hund" gekommen. In der Pension konnte ich mich wieder etwas aufpeppen. Am übernächsten Morgen brachte mich der hilfsbereite Gastwirt zum Flughafen und half mir bei den Formalitäten und beim Einchecken, dafür reichte mein Spanisch denn doch nicht. Einer der letzten Häfen, den in fast einer Woche die „Wiedstein" auf der Hintour in Guatemala anlaufen sollte, hieß Champerico und lag ganz im Norden in der

Nähe zur Grenze Mexikos. Ich flog also von San Salvador nach Guatemala City, von da aus waren es nur noch ca. 200 km bis Champerico. Wie ich dahin kommen sollte, war allerdings mein Problem. Ich besorgte mir zunächst eine Unterkunft in der Innenstadt und sah mir ein wenig Guatemalas Hauptstadt an.

Tags darauf setzte ich mich in den Überlandbus, der vormittags vom Busbahnhof Guatemala Citys über etliche Orte bis Malacatán im Landesinnern fahren sollte. Vorbei ging es an einigen der ab und zu noch tätigen Vulkane Guatemalas. Durch den Ausbruch des ca. 2.500m hohen Vulkans Pacaya in der Nähe Guatemala Citys mußten zum wiederholten Male Dörfer evakuiert und der Flughafen stillgelegt werden. Endlos war die Fahrt, in jedem Kaff wurde Pause gemacht und geschwatzt. Frauen mit Hühnern stiegen zu, Bauern mit Säcken und sogar Ziegen wieder aus. Kurz vor Retalhuleu, meinen vorläufigen Zielort, setzte der Busfaher seinen Bus im dichten Regenschauer in ein großes Schlammloch, wo er alleine nicht mehr herauskam. Alle Passagiere, einschließlich mir, stiegen aus und schaukelten den Bus solange, bis er wieder frei kam und seine Fahrt fortsetzen konnte. Allerdings waren dann alle pitschnaß und wie durch den Matsch gezogen.

Nach einem langen Tag kamen wir bei Dunkelheit in Retalhuleu an. Ein Stück weiter bog der Bus an einer Kreuzung Richtung Nordosten ab. Von hier aus waren es nur noch ca. 20 km bis Champerico. Außer mir stieg leider niemand mit aus, an den ich mich halten konnte. Aber wie hin kommen? Zu Fuß ging ich die ersten Kilometer im Finstern, in der Hoffnung nicht in einen Matschgraben zu fallen und vielleicht per Anhalter an mein Ziel zu kommen. Erst nach einer Stunde kam ein Auto und ... fuhr an mir vorbei, vermutlich weil er mich für einen „Robo" hielt. Kein Wunder, so wie ich aussah: naß, verfilzt, verdreckt, unrasiert und säuerlich riechend. Den Rest der Zeit, bis zum frühen Morgen kam natürlich niemand mehr, „Murphys Gesetz" ließ grüßen!

Erschöpft suchte ich mir ein einigermaßen trockenes Plätzchen im Busch unter den Büschen und versuchte, hungrig und zweifelnd an der Gerechtigkeit dieser Welt, etwas zu schlafen. Frühmorgens, von Mücken zerstochen, hörte ich schon von ferne einen Lastwagen heranbrummen, der mich aufpickte. Fahrer und Beifahrer sahen allerdings auch nicht viel anders aus als ich, wenig vertrauenerweckend. Meine Zweifel zerstreuten sich aber bald, sie waren sehr freundlich und luden mich sogar zu ihren Familien ein. Zeit hatte ich noch genug, erst am nächsten Tag sollte die „Wiedstein" lt. Agentur in Champerico ankommen.

Dankbar machte ich mich ausgehungert über das mir angebotene Frühstück her und ließ mich von der freundlichen Familie des Fahrers gerne bedauern. Ich erholte mich etwas von den Strapazen, und suchte am Hafen schon mal sehnsüchtig den Horizont nach meiner „Wiedstein" ab. Um nichts zu verpassen, verbrachte ich die Nacht am Hafen in einem Schuppen und schlief auf Baumwollballen erwartungsfreudig ein.

Am nächsten Vormittag endlich sah ich sie schon von weitem, die „Wiedstein" und als sie näher kam, sahen mich meine Bordkollegen mit ihren Ferngläsern auch und winkten johlend. Das Schiff warf Anker und ging auf Reede, denn die hölzerne Pier war zum Anlegen zu klein. Die Schauerleute machten sich bereit, hängten sich an eine *Netzbrook* und ließen sich in die *Schuten* hinabfieren. Ich hängte mich dazu und bald konnte ich erleichtert, auch um etliche Kilo, die Seitengangway hinaufentern und mein Schiff wieder „in die Arme nehmen". Als erstes pfiff mich der I. Offizier ordentlich an, ich solle mich gefälligst wieder an Bord zurückmelden, wie sich das gehörte. Aber ich merkte ihm seine Erleichterung an, er hatte mich schon abgeschrieben und hätte damit sicherlich eine Menge ärgerlichen Papierkram bewältigen müssen.

Ob unserem Richard von der „Cap San Diego" früher auch so etwas Dummes wie mir passiert war, daß er sich fortan nicht mehr an Land traute? Fast begann ich ihn zu verstehen, aber nur fast.

Aller Anfang hat ein Ende
Nordd. Loyd und Söhne, große Tüten, kleine Löhne!

In Champerico wurden wir mit Baumwollballen beladen und weiter ging es in El Salvador zu den Häfen La Libertad und Acajutla. Hier stachen besonders die von der DDR gebauten, für damalige Zeiten supermodernen, Hafenanlagen ins Auge, allerdings fing die Pier schon an zu zerbröseln und zu zerfallen. Der letzte Hafen war San Lorenzo in Nicaragua und nun endlich wieder Kurs Richtung Heimat. Wieder im Golf von Panama nach Balboa, am Eingang der Kanalzone und durch die Miraflores-Schleuse den gleichen Törn zurück in den Atlantik

Mitten im Atlantik entsorgten wir einen alten rostigen Festmacherdraht. Im Laufe des Gebrauchs ist so ein Draht meist arg zerschlissen. Die einzelnen Drähte der sechs *Kardelen* stehen oft als gefährliche Fleischhaken hervor und der Draht legt sich in widerspenstig gegenläufige *Kinken*. Den unbrauchbaren Draht steckten wir also durch eine Klüse und schoben soweit nach, bis er sich durch sein Eigengewicht selbstständig machte und sich immer schneller nach außen schlängelte. Zwar wich ich dem dem wild um sich schlagenden Draht aus, geriet aber trotzdem plötzlich mit einem Fuß in einen Kinken, der mich unaufhaltsam in Richtung Klüse zog. Nun hing ich am Schanzkleid mit einem riesigen „Klotz" am Bein, der mich durch die Klüse zu quetschen drohte. Meine Bordkollegen fingen sofort den Draht mit einem Stopper ab und befreiten mich aus meiner mißlichen Lage. Außer einigen Schürfwunden und blauen Flecken habe ich keinen Schaden davongetragen, ich gewann aber zunehmend die Überzeugung, daß in dieser Reise wohl der Wurm drin war. Ich weiß nicht, ich fühlte mich irgendwie vom Klabautermann verfolgt!

Natürlich wurde mir am Ende der Reise mein kleiner „Betriebsausflug" in Mittelamerika in Rechnung gestellt. Bei den wenigen Mark Restheuer hätte ich auch als „Rüberrobber" mitfahren können. Hätte ich mein Schiff nicht mehr erwischt, wäre womöglich ein Rückflug nach Deutschland fällig gewesen und die Heuerabrechnung wäre in knallrot erfolgt.

Nun ja, auch das Überflüssige ist nicht umsonst auf dieser Welt. Die kleine Heuer als Jungmann bzw. als Leichtmatrose war natürlich immer ein großes Problem, mit ca. 450,00 DM brutto im Monat einschließlich Überstunden konnte man keine großen (Landgangs)-Sprünge machen. Als Matrose war man mit über 1.000,00 DM mtl. schon etwas besser dran, bei freier Kost und Logis, für damalige Zeiten kein schlechter Verdienst, sofern man nicht alles sofort verballerte.

Die oben beschriebenen kleinen Schmuggeleien entlasteten die Landgangskasse mitunter. Meine leider sehr dürftige Fotoausbeute hatte etwas mit meinem knappen Budget zu tun, da ich irgendwann die Kamera in flüssige Landgangsmittel eintauschten mußte. In der Abrechnung war eine 50-Überstunden Pauschale schon enthalten, d. h. erst ab 50 Überstunden wurden die weiteren Stunden bezahlt. Durchschnittlich fielen etwa 150 Überstunden an, aber es kam vor, daß jemand mehr als 230! Überstunden im Monat klopfte. Das waren meist unzugängliche Leute, die sich jeden Landgang verkniffen und neben Ihrer Wache ununterbrochen zutörnten, auch Sonn- und Feiertags, besonders alt sind sie sicher nicht geworden.

Die Überfahrt war ruhig, in der Nordspanischen Hafenstadt Bilbao machten wir zwei Tage Zwischenstation zum Teilentladen. Hier in der Biskaya herrschte ein sehr starker *Tidenhub*, weswegen wir des Nachts Leinenwache gehen mußten. Begannen die Leinen zu „singen", war es Zeit sie zu *schricken*, damit sie nicht knackten oder das Schiff plötzlich „quer" an der Pier hing. Etwas nördlich bei St. Maló beträgt aufgrund eines Trichtereffektes der Tidenhub sogar über 10 Meter, so daß hier ein Gezeitenkraftwerk gebaut werden konnte. In der Nähe gibt es eine Untiefe, an der sich gleichzeitig gewaltige Wellen auftürmen, die als Geheimtip für fanatische Wellenreiter gelten, die ansonsten nur in Hawai den letzten Kick erwarten. In Bilbao konnte ich allerdings nur die Zeit zwischen meinen „Kloterminen" nutzen, da ich und andere durch verseuchtes Wasser mit schrecklichen Brechdurchfällen zu kämpfen hatten. Der Klabautermann..., Sie wissen schon! Die Restarbeiten in Rotterdam und Bremerhaven gingen zügig voran, das Schiff wurde neu beladen, damit begann der ganze Törn erneut. Der „Rest" ist schnell erzählt.

Gerne wäre ich beim Nordd. Loyd noch weitergefahren, wenn ich wegen dauernden hohen Fiebers nicht ein halbes Jahr im Krankenhaus verbracht hätte, als willkommenes Versuchskaninchen der Ärzte. Sicher ein Souvenir meines Mittelamerika-Ausfluges. Anschließend hätte ich die erforderliche Gesundheitskarte für Seeleute vorläufig nicht wiederbekommen und verbringe seither mein Leben als Landratte mit Familie und Landjob. Ein wünschenswerter relativ glücklicher Weg für ehemalige Seeleute, die nicht immer den „Absprung" schaffen.

Als Nachtrag noch einige eigene Gedanken, ehe mir noch mehr Geschichten aus der Seefahrt einfallen. Letztlich habe ich nur das bereut, was ich nicht gemacht habe, obwohl ich die Gelegenheit dazu hatte. Sehr viele Menschen sind mir bisher begegnet, angenehme und oft auch unangenehme. Bei den Unangenehmen sollte man es halten wie weiland Felix Graf v. Luckner der „Seeteufel": „Es lohnt nicht, sich damit auseinander zusetzen, es raubt einem nur die Kraft!"

Viele Länder durfte ich kennenlernen und noch viel mehr Metropolen, wenn auch später nur als schnöder Tourist. Manche Orte meiner früheren Seefahrtszeit habe ich wiedergesehen, mit meiner Erinnerung hatten sie jedoch meist nichts mehr gemein. Denn Erinnerungen bleiben meist etwas verklärt und rosig haften. Unangenehmes wird gern verdrängt. Meiner Heimatstadt Hameln bin ich stets treu geblieben, hier werde ich dereinst wohl auch mal abgewrackt werden. Trotz allem, auch Erinnerungen, Erfahrungen und brotlose Künste haben ihren Wert, nicht nur materielle Dinge.

Was sagt ein bekannter alter Spruch aus China?
„Einmal selbst gesehen und erlebt, ist besser als 100 mal gelesen!"

- Ende -

Glossar

Kleines Wörterbuch seemännischer Fachausdrücke, sowie treffende Bezeichnungen und Wortschöpfungen mit kernigem Mutterwitz, aus der Welt der „Christlichen Seefahrt" und der Marine.

ablandig	: Wind der von Land ab zur See weht
Abtrift	: seitliche Versetzung durch Wind, Strömung
achtern	: hinten
AEG-Matrose	: automatische Ruderanlage
Affenschaukel	: Schützenschnur, auch Hängematte
Ahoi	: soll aus dem tschechischen stammen; bedeutet soviel wie: hallo, tschüs
Angströhre	: U-Boot
Ankerspill	: Winsch (Winde) zum Ankerheben
Arbeitsloser	: großes Schnapsglas
Arimixer	: Artillerist, auch **Bumskop**
Aufbacken	: Tisch decken
aufschießen	: 1.) Leine kreisförmig zusammenlegen
	: 2.) sich verkrümeln, vor der Arbeit drücken
Außenbordskamerad	: Meerestier, Fisch
aussingen	: Befehl oder Beobachtung laut ausrufen
Back	: vorderes, erhöhtes Deck, auch **Tisch**
Backbord	: linke Seite des Schiffes, rotes Licht
backen und banken	: Tische und Bänke zum Essen vorbereiten
Backschafter	: zum Essenholen eingeteilte Leute
Backskiste	: Zeugkiste auch zum sitzen oder liegen
Backskisten-Test	: ein Schläfchen machen
Bake	: Holz- o. Eisengerüst als See- o. Landmarke
Beethovengeschwader	: Musikkapelle
Berlebecker-Wuhlingstek	: total verwursteter Knoten (**Wuhling** durcheinander, Gedränge)
Besteck nehmen	: Standortbestimmung des Schiffes auf der Seekarte nach Länge und Breite

Bilgen	: unterster Teil des Schiffes, zum Ölrückstände und Schwitzwasser sammeln
Bilgenkrebs	: Heizer, auch- **Schwarzfuß**
Blauer Peter	: internationale Flagge „P" (Schiff läuft aus)
Blechkolani	: Sarg, siehe **Kolani**
Bootsmannsstuhl	: Arbeits-Sitzbrett, z.B. Außenbords malen
brechen	: ein Tau „bricht" aber „reißt" nicht
BRT	: Raummaß, 100 Kubikfuß = 2,83 cbm, Lade- u. Nutzraum, außer Maschine etc.
Brückennock	: äußerer, offener Fahrstand der Brücke zum Peilen, Ausguck u. a.
Buchten	: aufgeschossene, kreisförmig zusammengelegte Leinen, Drähte, Trossen
Chief	: Chief engineer, leitender Ingenieur, 1. Ing.
Christliche Seefahrt	: Handelsschiffahrt
Davit	: Vorrichtung zum Einhängen, hinunterlassen und aufholen der Rettungsboote
Decksjunge	: Junggrad, auch Moses, seemänn. Azubi im 1. Lehrjahr
Decksmechaniker	: heutige Bezeichnung für Matrose
Deviation	: Kompaß-Mißweisung
Diner	: Strafrapport beim Kommandanten
dippen	: Flaggengruß
Dock	: Trocken- oder Schwimmdock zum Bearbeiten der Außenhaut
Dockschwalbe	: Prostituierte
Dollbord	: Abstand von der Wasseroberfläche zum Deck und Reling
D.S.I.A.	: **D**elta **S**ierra **I**ndia **A**lpha (**d**a **s**taun **i**ch **a**ber)
Ducht	: auch **Plicht**, Ruderbank
Duckdalben	: im Wasser stehende Pfähle zum Festmachen des Schiffes
Dünung	: lange, über Hunderte von Seemeilen aufgeschaukelte Wellen (auch bei Tsunamis)

dwars	: querab
Etmal	: in 24 Std. zurückgelegte Distanz von 12°° Mittag zu 12°° Mittag
Faden	: seemänn. Längenmaß = 1,829 m = 6 Fuß
Fallreep	: Treppe, Laufsteg auch mit Geländer
Fender	: Schutz zw. Bordwand und Pier oder Schiffen, aus Tauwerk, Kork, Gummi u. a.
fieren	: nachlassen einer Leine
Flitz	: (Fritz), so wurden alle chinesischen Wäscher beim Norrd. Lloyd genannt. Bei der HSDG hießen die Wäscher **„Max"**
Frettchenstall	: Mannschaftsdeck
Fulbraß	: Abfallbehälter zum Entsorgen auf See
Funkenpuster	: Funker, auch **Antennenheizer**
Furzkruke	: zu klein geratener Mann
Gangway	: Landgangssteg, auch **Fallreep**
Gastenlehrgang	: Vollausbildung bei der Marine
Gei	: auch als Flaschenzug geläufig
Germanischer Lloyd	: Schiffsklassifikationsgesellschaft von 1867
Glasen	: halbstündiges Läuten mit Doppelschlägen der vollen Stunden mit Einzelschlag
Gösch	: vorderste Flagge am Bug
Goldküste	: Vergnügungs- Hafenviertel
Gräting	: Holz oder Metallgitter als Decksauflage
Gummibälle	: Fleischklopse
halber Schlag	: ein Rundtörn mit einem Tampen
Herzstück	: Verbindungsstück zwischen Drähten, Tauwerk und Haken
Hilfsstander	: 1.) zeigt u. a. An- oder Abwesenheit des Kommandanten (Marine)
	: 2.) zur Wiederholung von Buchstaben im Flaggenalphabet
HSDG-3. Fegung	: zusammengefegter, ungenießbarer Kaffee
Jadeschlamm	: Kartoffelbrei

Jakobsleiter	: Strickleiter mit eingewebten Holzsprossen
Jolle	: kleines Boot zum Segeln und Rudern
Junggrad	: seemännischer Azubi vom 1. bis 3. Lehrjahr
Jungmann	: seemännischer Azubi im 2. Lehrjahr
Kabelgarn	: dünne Bändsel, auch **Spaghetti**
Kakerlaken	: Kadetten
Kalfatern	: Abdichtung der Schiffsplanken mit Teer u. a.
Kalmenzonen	: windstille Zone beidseitig des Äquators
Kardeelen	: zusammengedrehte Kabelgarne oder Drähte
Kimm	: Horizont
Kinken	: verdrehte Schlingen beim Draht o. Tauwerk
Klüse	: Öffnung im Deck oder Verschanzung für Leinen oder Anker, auch **Auge**
Knösel	: kurze Pfeife, auch **grantiger Mensch**
Knoten	: naut. Geschwindigkeitsmaß, 1 Seemeile/ Std. = rund 1.852m
Kolani	: blauer Überzieher, n. d. Designer Colani
Kolbenringe	: Ärmelstreifen der Offiziere
Krängen	: seitliches Überlegen des Schiffes
Kuckuck	: Mützenkokarde
Kujampel	: Geld in fremder Währung
Kümo	: Küstenmotorschiff
Kukirolsoße	: Kaffee
Kutter	: seetüchtiger Kleinsegler auch zum Rudern
Kutter pullen	: Rudern eines Bootes
Laboratorium	: Toilette
labsalen	: Tauwerk mit Fett konservieren
Labskaus	: Traditions-Essen, früher Resteverwertung
laschen	: festzurren, festbinden
Lee	: die dem Wind abgewandte Seite
Leichtmatrose	: Azubi im 3. Lehrjahr
Logbuch	: Schiffstagebuch
loggen	: die Schiffsgeschwindigkeit messen
Logscheit	: Gerät zur Messung der Geschwindigkeit

Lord	: Seemann
Lotse	: Ortskundiger nautischer Berater, meist ehemalige Schiffsführer
Lukenfiez	: Ladungseinweiser
Luv	: die dem Wind zugewandte Seite
Maat	: Unteroffizier der Marine
Maulkorb	: Gasmaske
Marineflieger	: gebratenes Hähnchen, auch **Gummiadler**
M-Bock	: Minensuchboot
Messbüttel	: Diener der Mannschaftsmesse (arme Sau)
Messe	: Speiseraum
Miefkorb	: Koje, auch **Scheißkorb** genannt
Miefkondensator	: Koje, Hängematte
Mündungsschoner	: kleiner Mensch, auch **Natozwerg**
mufen	: engl. verballhornt: verschwinden
nagib	: auch **hastemal**, Zigarettensorte vor dem Monatsersten, vor der Heuerzahlung
Netzbrook	: Ladenetz aus Draht- oder Tauwerk
Nordseeschrecken	: Torpedoboote
Obdachlosenasyl	: Kaserne
Ösfaß	: Gefäß zum Wasserschöpfen
Offiziersbaby	: Seekadett, Offiziersanwärter
Päckchen	: unordentlicher, schlampiger Seemann, auch **Arbeitsuniform** (Takelpäckchen)
Palaverdeck	: 1. Deck nach achteraus, für Ansprachen u. a.
Pantry	: Anrichte für die Messe
Panzerplatten	: Hartbrot, Notration
Parfümschlauch	: Hängematte, auch **Affenschaukel**
Pascha	: I.O., I. Offizier an Bord
Passat	: beständiger Wind, beiderseits des Äquators
Persenning	: Segeltuchbezug zum Abdecken z. B. von Booten, Ladung usw.
Pinasse	: Kleinboot, Beiboot
Plating	: flache Knotenanordnung z. B. Pfeifenbändsel

Plimsollmarke	: auch **Lademarke**, oder **Freibordmarke**
Polleraffe	: auch **Seeziege**, **Oberdecksantilope**, allgemein für Seemann
Poop	: die hinteren Aufbauten des Schiffes
Potacken	: Kartoffeln
Potacken drehen	: Kartoffeln schälen
Prahm	: flachbodiger Lastenkahn
Pütz	: Wassereimer
pullen	: rudern
Rammsteven	: Bügelfalte
Riemen	: Ruder
Rüberrobber	: jemand der für eine Überfahrt arbeitet, ohne Bezahlung und ohne Rückfahrt
Schäkel	: 1.) Eisenbügel mit Schraub- o. Steckbolzen
	: 2.) Ankerkettenmaß = 15 Faden á 1,829m
schamfilen	: scheuern, reiben
Schanzkleid	: geschlossene Reling
Schap	: kleiner Raum, Spind, Schrank
Schauermann	: Ladearbeiter
Schiffsgärtner	: derjenige, der die Toiletten saubermachen darf, auch **Apotheker**
schinschen	: (engl. verballhornt) tauschen, wechseln
Schlickhaken	: Anker
Schmadding	: Marine-Bootsmann, Mannschaftsführer
Schott	: Tür, auch Querwand des Schiffes
schricken	: Leine nachlassen
Schute	: offenes Ladeboot
Schwarzfuß	: Heizer, auch **Bilgenkrebs**
schwojen	: Drehen des Schiffes um den Anker
Seele	: dünne imprägnierte Mittelschnur in Drähten
SE-11er	: seemännische Laufbahn bei der Marine
SE-12er	: nautische Laufbahn bei der Marine
Seemannssonntag	: Donnerstag mit Kaffee und Kuchen
Seemeile	: naut. Entfernungsmaß, 1 Sm = rund 1852 m

Seeligmachermaat	: Militärpfarrer
Smutje	: Schiffskoch, abwertend **Schmierlappen**
Sonnenbrenner	: Kabelbeleuchtung für die Ladeluken u. a.
Speckschneider	: Zahlmeister
Speigatt	: Verschanzungsöffnung zum Wasserablauf
Spill	: Winde, Winsch
Spleißen	: Flechtarbeiten mit Tau- oder Drahtwerk
Steuerbord	: rechte Schiffsseite von achtern gesehen, grün
Stopper	: Tau- oder Kettenstopper, Haltevorrichtung
Storekeeper	: zuständig für Material und Werkzeug
Straußeneier	: Klops
Strich	: der 32. Teil einer Kompaßrose, 11 1/4°
Süll	: Türschwelle, auch **Lukensüll**
Takelpäckchen	: weißer Arbeitsanzug bei der Marine
Takling	: mit Segelgarn versehenes Tauende, s. Zunsel
tdw	: tons deadweight, Gewicht, Nutzladung
Tidenhub	: Unterschied zwischen Ebbe und Flut
Trampfahrt	: keine festgelegte Schiffahrtsroute
Traverse	: Übergang über ein Ladedeck, auch bei Tankschiffen (hier beim Landungsboot)
verholen	: 1.) Schiff an einen anderen Liegeplatz legen
	: 2.) sich vor der Arbeit drücken
Verschanzung	: auch **Schanzkleid**, geschlossenes Geländer
Wahrschau	: Ausruf: Achtung! Vorsicht!
Wäsche hinten	: Matrosenuniform bei der Marine (Exkragen)
Wäsche vorn	: Bootsmannsuniform, Marine (Krawatte)
Werftgrandi	: abfällig für Werftarbeiter
wriggen	: Schraubenähnliche Vorwärtsbewegung mit dem Ruder am Heck des Bootes
Zahnhobel	: Mundharmonika
Zechinen	: Geld
Zunsel	: nicht betakeltes, ausgefranstes Ende
zu Blocks	: „zu Blocks geholt", zu Ende, nicht mehr weiter wissen

Hafenstädte und Länder
Teilweise Übersicht über die in diesem Buch vorkommenden Orte mit den betreffenden Schiffen

Acajutla	: El Salvador (Wiedstein)
Amapala	: Honduras (Wiedstein)
Amsterdam	: Holland (Cap San Diego, Havelstein, Wiedstein)
Antwerpen	: Belgien (Cap San Diego, Havelstein, Wiedstein)
Balboa	: pazifische Seite Panamakanal, Panama (Wiedstein)
Bilbao	: Nordspanischer Hafen an der Biskaya (Wiedstein)
Bremen	: Sitz des Nordd. Loyd, Heimathafen (Havelstein) u.a.
Buenos Aires	: „Gute Lüfte", Kurzform „Baires", argentinische Hauptstadt am Rio de la Plata (Cap San Diego)
Bugo	: Kleiner Hafen auf den Philippinen (Havelstein)
Cabo da Roca	: westlichster Punkt Europas (Ausflug Landungsboot Salamander)
Cap of good hope	: "Kap der guten Hoffnung", Südwestspitze Afrikas (Havelstein)
Cap San Diego	: südlichste Festlandspitze Südamerikas (nicht Insel Cap Horn!) Namengebendes Kap für die MS „Cap San Diego"
Cascáis	: Portugiesischer Badeort (Ausflug L-Boot Salamander)
Champerico	: Hafenstadt Nord-Guatemala (Wiedstein)
Christobal Colon	: (span. Christoph Columbus) Hafenstädte Panamakanal, atlantische Seite (Wiedstein)
Corinto	: Nicaragua (Wiedstein)
Dadijanges	: Ananashafen Philippinen (Havelstein)
De Quimper	: Hafenstadt an der Biskaya, Frankreich (Landungsboot Salamander)
Emden	: an der Ems, Nordseewerke (L-Boot Salamander)
Genua	: Norditalienische Hafenstadt (Havelstein)
Guatemala City	: Hauptstadt Guatemalas (Ausflug Wiedstein)
Hongkong	: ehemalige brit. Kronkolonie, China (Havelstein)

Ijmuiden	: Holland (Nothafen Landungsboot Salamander)
Kaohsiung	: Hauptumschlagshafen für den Vietnamkrieg, Formosa; Taiwan (Havelstein)
Kapverden	: Inselgruppe im Atlantik, NW-Afrika (Havelstein)
Kiel	: Howaltswerke, Werft (Landungsboot Salamander)
Kobe	: Hafenstadt in Japan (Havelstein)
Kopenhagen	: Hauptstadt Dänemarks (L-Boot Salamander)
Kuala Lumpur	: Hauptstadt Malaysias (Ausflug Havelstein)
La Union	: El Salvador (Wiedstein)
Las Palmas	: Canarische Inseln (Bunkern Cap San Diego u.a.)
Lissabon	: Hauptstadt Portugals (Landungsboot Salamander)
Lorient	: Hafenstadt, Nordfrankreich (L-Boot Salamander)
Madeira	: Portugiesische Atlantikinsel (Wiedstein)
Manila	: Philippinische Hauptstadt (Havelstein)
Marseille	: Südfranzösiche Hafenstadt Mittelmeer (Havelstein)
Mauritius	: mit Réunion, Inselgruppe der Maskarenen im indischen Ozean (Havelstein)
Olpenitz	: „Olposibirsk", Marinehafen (L-Boot Salamander)
Panamakanal	: bis zum Jahr 2000 zu den USA gehörig (Wiedstein)
Penang	: Hafenstadt Malaysias an der Straße von Malaka (Havelstein)
Pernambuco	: Recive, Nordbrasilien (Cap San Diego)
Port Swettenham	: Hafen an der Straße von Malakka (Havelstein)
Pusan	: Hafenstadt in Süd Korea (Havelstein)
Retalhuelu	: Nordguatemala (Ausflug Wiedstein)
Rio de Janeiro	: „Rio", voller Name siehe S. 90 (Cap San Diego)
Rotterdam	: Hafenstadt in Holland (Cap San Diego u.a.)
San Juan del Sur	: Nicaragua (Wiedstein)
San Lorenzo	: Nicaragua (Wiedstein)
San Salvador	: Hauptstadt El Salvadors (Ausflug Wiedstein)
Santos	: Brasilianische Hafenstadt (Cap San Diego)
Saó Paulo	: Brasilien, südw. von Rio (Ausflug Cap San Diego)
Singapur	: selbständige Hafenstadt Süd-Malaysia (Havelstein)
Tegucigalpa	: Hauptstadt von Honduras (Ausflug Wiedstein)

Eine Seefahrt, die ist lustig ...

1.
Eine Seefahrt, die ist lustig,
eine Seefahrt, die ist schön,
denn da kann man fremde Länder
und noch manches andre sehn. Hollahi ... hollaho ...

2.
In des Bunkers tiefsten Gründen,
zwischen Kohlen ganz versteckt,
pennt der allerfaulste Stoker,
bis der Obermaat ihn weckt. Hollahi ...

3.
„Komm mal rauf, mein Herzensjunge,
komm mal rauf du faules Schwein,
nicht mal Kohlen kannst du trimmen
und ein Stoker willst du sein?" Hollahi ...

4.
Und er haut ihm eins vor'n Dassel,
daß er in die Kohlen fällt
und die heil'gen zwölf Apostel
für 'ne Räuberbande hält. Hollahi ...

5.
Mit der Fleischback schwer beladen
schwankt der Seemann übers Deck,
doch das Fleisch ist voller Maden,
läuft ihm schon von selber weg. Hollahi...

6.
Und der Koch in der Kombüse
ist 'ne dicke faule Sau,
mit dee Beene im Gemüse,
mit de Arme im Kakao. Hollahi ...

7.
In der Heimat angekommen,
fängt ein neues Leben an,
eine Frau wird sich genommen,
Kinder bringt der Weihnachsmann. Hollahi ...

(mündl. überliefert, noch etliche weitere Verse)